VERSANT NOIR

59, quai Alphonse Le Gallo
92100 Boulogne-Billancourt
www.hugopublishing.fr

Collection dirigée par Clémentine Thiebault
Ouvrage dirigé par Sophie Le Flour et Clémentine Thiebault

Couverture et conception graphique : Emmanuel Pinchon

ISBN : 9782755678857 / 001
Dépôt légal : février 2025
Imprimé en France par CPI Bussière en décembre 2024
sur papier provenant de forêts gérées de manière durable.

À la montagne sacrifiée sur nos bûchers d'orgueil,
À la beauté, où qu'elle se trouve.

Mallory descendait la dalle inclinée à 45°. Accroché à son jumar, il avalait au compte-gouttes la corde fixe qui se perdait en dessous lui, dans le néant blanc tourbillonnant. La tempête avait transformé le paysage en un désert glacial et hostile ; impossible de se raccrocher aux repères familiers qu'il avait croisés lors de la montée, quelques heures auparavant. Ni arêtes, ni sommets, ni dévers de roche visibles. Il jura entre ses dents ; la neige qui tombait sous les rafales venteuses de plus de cent kilomètres-heure, en plus de lui obscurcir la vue, allait dissimuler les crevasses qu'il savait nombreuses en contrebas, dans la combe. La neige fraîche bottait sous ses crampons et rendait l'adhérence nulle. Il s'arrêta pour ce qui lui sembla être la millième fois afin d'en dégager les pointes. Sous ses gants rendus humides par la répétition du geste, ses mains commençaient à geler. Ses quadriceps et ses lombaires brûlaient de retenir le poids de sa fatigue, et le bras qui serrait la poignée autobloquante se tétanisait peu à peu. Il était à la fois glace et feu. Et c'est comme ça qu'on crève, ici.

Il reprit sa route. Un coup de jumar, jambe gauche, un coup de jumar, jambe droite, et le souffle qui suit. La corde le menait droit au camp 3, ça, c'était une certitude. Il lui était juste impossible de dire *quand* il y arriverait. Il avait perdu la notion du temps : s'était-il écoulé deux, quatre ou dix heures depuis qu'il avait quitté le groupe ? Et avait-il seulement eu raison de le faire ? La réponse s'imposa à lui comme on se raccroche à un mirage : oui. Tout, plutôt qu'être resté là-haut. Il ne crèverait pour personne. Il était seul maître de son destin et ce dernier lui avait dicté l'abandon de ses compagnons pour sauver sa propre peau. Il n'avait pas eu le choix. Dans la survie, il y a ceux qui bouffent et ceux qui se font bouffer ; il n'a jamais fait partie de la seconde catégorie, les mousses. Lui, c'est un capitaine, merde.

Restait ce brouillard qui lui gâchait la vue.

Mallory étouffa l'angoisse qui lui montait en cascade de la poitrine jusqu'à la glotte : il n'avait qu'une chose à faire, rester accroché à cette putain de corde, sa ligne de survie, et descendre, descendre, descendre. Arrêter de réfléchir ; de toute façon, il n'avait jamais été un homme de réflexion, son truc, c'est l'action. Et lui seul pouvait s'encourager :

– BOUGE !

Mais le rideau neigeux bloqua l'écho qui résonna seulement dans sa tête comme un pauvre soupir.

Sur sa gauche, un mouvement sombre dans le blanc attira son attention. Il essuya fébrilement son masque de ses gants mouillés et plissa les yeux pour y voir davantage. Mais il ne pouvait distinguer qu'une tache immobile qui apparaissait et disparaissait entre les bourrasques. Il abaissa son tour de cou pour mieux hurler :

– ANIRUDDHA !

Son cri le fit vaciller de douleur lorsque l'air glacial se cristallisa dans sa gorge au supplice. C'est alors qu'il sentit la main qui tenait le jumar battre dans le vide. Lorsqu'il baissa les yeux, il vit que la corde avait cédé et gîtait sans accroche. Fébrile, il attrapa l'extrémité du filin et l'observa de plus près : les fibres en Nylon n'avaient pas été rongées par l'usure ou rompus par une chute de pierres comme on aurait pu s'y attendre : elles avaient été tranchées, net. Abasourdi, son regard alla de l'itinéraire qui n'était plus balisé à Aniruddha – car c'était forcément lui, là-bas. Il devait l'avoir enfin rattrapé. Il n'avait plus à hésiter. Il raccrocha son jumar devenu superflu à son baudrier, empoigna son piolet pour sécuriser une éventuelle glissade qui lui serait fatale et se dirigea lentement vers son guide. Tandis qu'il approchait, il vit la silhouette faire un brusque mouvement, comme si elle se débattait avec une chose prise dans ses jambes. Était-ce un cri ? Ou le vent qui rugissait ? Mallory ne comprenait plus rien, son cerveau mal oxygéné commençait à lui faire des suggestions absurdes : une panthère des neiges pouvait-elle attaquer un homme ? Ou peut-être un ours, mais il n'en avait jamais vu aussi haut en altitude. Il vérifia son altimètre : 7 892 mètres.

Lorsqu'il releva les yeux du compteur accroché à son poignet, il n'y avait plus personne. Ni âme ni ombre. Le désespoir fondit sur lui comme les rapaces sur Prométhée et son cœur manqua la cadence. Il était seul, au milieu des rafales aveugles, et ne savait plus le nord du sud, le ciel du sol. Il était perdu.

Un signal d'alarme silencieux le fit stopper net et à temps. Juste devant lui, une énorme crevasse avait surgi du néant. Il tangua fort avant d'avoir le réflexe de planter violemment son piolet dans la neige et de s'affaler au sol, son sac l'assommant à moitié. Alors qu'il reprenait peu à peu son souffle coupé par la peur, son regard rasant fit le point sur des taches qui parsemaient le manteau immaculé. Une gerbe rouge sur fond blanc le guidait jusque dans les profondeurs bleutées de la crevasse. Tout à côté gisait un casque jaune.

– Qu'est-ce…

Mallory s'avança avec précaution pour ne pas verser dans le gouffre dont les bords fragiles risquaient de s'effondrer à tout moment. Lorsqu'il fut assez près, il s'aida de son piolet pour récupérer le casque par l'une des sangles. Il le retourna dans ses mains qui tremblaient, et ce n'était plus de froid. Les initiales gravées au couteau sur le plastique lui confirmèrent sa terrible intuition : A.T. pour Aniruddha Tamang.

Mallory scruta les alentours, tous ses sens en alerte.

À une bonne vingtaine de mètres de là, allongé à même la neige qui couvrait peu à peu sa combinaison et le fondait dans le paysage, quelqu'un l'observait aussi.

T'étais pas censé être là. Qu'est-ce que je vais faire de toi ?

PREMIÈRE PARTIE

Ici sont les dragons

LUKLA (ALT. 2 846)

Un mois plus tôt.

Dans un raclement de moteur cancéreux, et sous un petit tonnerre d'applaudissements, le Let L-410 Turbolet de Summit Air stoppa sa course en bout de piste. Au travers d'une brume épaisse où l'on confondait nuages et fumée de la carlingue épuisée, les dix-huit passagers descendirent un à un la petite échelle branlante qui les déposa sur le tarmac, le visage blême, et soulagés de retrouver l'asphalte. Alex détailla, circonspecte, le crachat noir laissé en traîne par la turbine, dont l'usure avait rongé la tôle, jusqu'à en enlever des bouts. Elle commenta à son père :

– J'ai toujours trouvé ça flippant d'applaudir des mecs qui font leur job mais quand on voit l'état de leurs montures, ça relève du miracle d'atterrir ici. Vivants, je veux dire.

– Tu l'as dit. Cette piste est l'une des plus courtes au monde ; entre les soucis mécaniques de ces avions de quarante ans d'âge, le relief accidenté et la météo, il y a régulièrement des crashs.

Alex haussa les sourcils :

– Et ça bien sûr, tu ne me l'as pas dit avant qu'on monte dans ce vieux tas de ferraille.

– Pour quoi faire ? sourit Jef.

Dans la file d'attente pour récupérer leurs sacs dans la soute, la jeune femme de vingt-cinq ans observa les alentours. Le petit aéroport de Tenzing-Hillary était lové contre un gigantesque mur montagneux et, au bout de la piste d'atterrissage, une chute abrupte débouchait sur une vallée verdoyante. La végétation luxuriante contredisait la période de mousson encore à venir et les rayons du soleil noyé affleuraient des neiges éternelles qui s'en foutaient royal. Déjà, un autre avion amorçait sa descente, petite coque de noix mobile ballottée dans ce paysage à trop grande échelle. Le ballet dense du trafic aérien pouvant parfois s'interrompre pendant plus d'une semaine à cause des tempêtes, la météo plutôt clémente ce jour-là permettait l'arrivée en rafales de touristes dans la petite ville de Lukla, ce terminus unique au monde perdu dans les montagnes de l'Himalaya.

Alex et Jef pénétrèrent dans le hall d'arrivée dont le toit de tôle ondulée, bardé de panneaux solaires, menaçait de s'effondrer sous la charge.

Une vive agitation animait le lieu et Alex sentit l'excitation monter dans sa poitrine et l'envie de soulager sa vessie qui va avec. Elle abandonna son gros sac à dos aux pieds de son père et se mit en quête des toilettes. Sur le chemin, elle passa devant des boutiques qui proposaient du matériel d'alpinisme ainsi que des vêtements chauds. Des petits drapeaux étaient accrochés ou cousus sur les sacs à dos des touristes qu'elle croisait. Canada, Australie, Corée du Sud, Russie, Argentine, États-Unis, Pologne, l'aéroport de Lukla brassait le monde entier. Et la cacophonie polyglotte ambiante confirmait l'impression.

Lorsqu'elle retrouva son père quelques minutes plus tard, un mouvement de foule attira leur attention. Des groupes se formaient autour d'hommes portant des pancartes à bout de bras. Ils haranguaient les touristes comme l'avaient fait les chauffeurs de taxi à Katmandou un peu plus tôt, criant le nom de leurs agences d'expéditions respectives dans un joyeux brouhaha. Des sherpas. Alex se mit à détailler avec curiosité ces travailleurs d'altitude dont le nom résonnait à ses oreilles depuis l'enfance avec autant de force qu'Apaches ou pirates. Avec classe et légende.

L'homme qui tenait la pancarte de leur agence, *Himalayan Walk Agency*, avait la petite quarantaine, des cheveux drus en bataille, deux yeux noirs comme du charbon et la gueule froissée d'un lendemain de cuite. Ils échangèrent des poignées de main. Alex ne fut pas étonnée de voir la sienne disparaître littéralement dans les battoirs du sherpa qui mesurait presque deux mètres. En revanche, elle ne s'attendait pas à ce qu'il y manque deux doigts.

– Je suis Mohinder Sherpa. C'est moi qui suis chargé de vous mener vivants jusqu'au camp de base. Ensuite, je ne réponds plus de rien.

Quelques rires s'étouffèrent rapidement face au regard aigre-doux du colosse. Alex croisa celui de Jef qui haussa les épaules. Simple formule de bienvenue.

Quatre autres clients complétaient l'équipée ; Alex apprit leurs noms en même temps que Mohinder les vérifiait sur sa liste. Vassili de Russie, Mallory, un Népalo-Anglais résidant à Londres, Mei Li du Canada, et Paola d'Italie.

Mohinder leur fit signe de se frayer un chemin parmi la petite foule pour le suivre à l'extérieur. Il les mena jusqu'à un groupe de yaks nonchalants montés par des gamins de dix ou douze ans qui, à leur vue, descendirent d'un bond de leurs montures pour les soulager de leurs sacs et ficeler leurs affaires sur les bêtes. Le sherpa distribua à chacun un petit bout de papier, issu d'un carnet de tickets.

– Ce sont vos permis pour traverser le parc naturel de Sagarmatha, leur indiqua-t-il. Mettez-les avec votre permis d'ascension, n'importe qui à partir de maintenant peut vous les demander. Si vous ne les présentez pas, le montant de l'amende sera indexé sur le seuil de pauvreté de l'agent de contrôle qui se trouvera en face de vous, et autant vous dire que dans le coin, ça ne vole pas haut.

Alex rangea soigneusement le papier dans la poche intérieure de sa parka puis remonta la fermeture étanche jusqu'à son menton. Le froid était vif malgré les quelques rayons de soleil qui tentaient une percée au travers la mer de nuages qui s'amoncelait au-dessus de leurs têtes. Le plus jeune des yakmen confia à Alex que la bête qui allait porter ses affaires se nommait Bahamas.

– Comme ça, quand je l'appelle, j'ai l'impression de voyager, précisa-t-il en riant.

Alex sourit en notant que c'était le plus petit des porteurs qui avait le plus grand des yacks.

– Et toi ? Comment tu t'appelles ?

– Pour toi, ce sera Chicago, répondit le garçon, l'air espiègle.

– OK Chicago, ravie de t'avoir pour guide, conclut Alex, scellant leur rencontre d'un clin d'œil complice.

Au signal de Mohinder, l'équipe se mit en route sans plus de cérémonie, caravane arpentant la route goudronnée qui, rapidement, se transforma en route de terre puis en sentier escarpé qui s'enfonçait, serpent dans la vallée encaissée. Le sherpa, en tête, discutait avec le Russe, Vassili. *Entre géants ils doivent s'entendre*, pensa Alex qui cheminait entre Jef et Paola. Derrière venaient Mallory et enfin Mei Li qui fermait la marche, s'arrêtant ici et là pour prendre des photos du panorama sur son smartphone.

Alex marchait derrière son père, comme elle le faisait depuis l'enfance. Elle connaissait chaque détail de son pas, les pieds légèrement en canard, pour préserver les tendons d'Achille sur la pente raide, les pas qui se croisent et se chevauchent, l'un devant l'autre, toujours le même écart, toujours le même rythme, réglé sur son souffle en métronome.

Quand elle marchait derrière Jef, dans les empreintes qu'il abandonnait pour elle, Alex était à la maison. Ce n'est qu'en fin de journée, une bonne centaine de mètres de dénivelé positif et une vallée traversée plus tard, que son cerveau percuta où elle se trouvait maintenant ; lorsque son regard ému tomba enfin sur ce pour quoi ils avaient traversé le globe, ce pour quoi ils étaient venus.

Se découpant seigneur sur le ciel rouge du crépuscule en éclosion, il dépassait en phare de tous les sommets environnants, et pour cause : c'était l'Everest.

***

Sagarmatha en népalais, « la déesse qui touche le ciel ». 8 848 mètres. On aurait tendance à vouloir rationaliser cette hauteur, trouver un équivalent, une échelle humaine, comme pour les vagues que l'on mesure en étages d'immeubles. 20 mètres = un immeuble de 6 étages. L'esprit se rattache à ce qu'il peut mesurer. Mais l'Everest n'a pas d'équivalent. Pour la seule et bonne raison que son sommet est plus haut que le reste du monde. Soit l'équivalent de presque 20 Empire State Building entassés les uns sur les autres, si vraiment, on veut l'image. Quand bien même, qui peut s'imaginer ça ?

À cette altitude, aussi appelée zone de la mort à cause du manque d'oxygène, le corps humain ne peut survivre plus de douze heures. Le moindre effort équivaut à escalader en courant une dune de sable, en respirant dans une paille. L'air raréfié peut entraîner une hypoxie, dont les effets sont multiples : le sang s'épaissit jusqu'à coagulation, exposant le grimpeur au risque d'un accident vasculaire cérébral. Peut aussi survenir un œdème pulmonaire, dû à l'augmentation de la circulation sanguine : les premiers effets sont une perte de coordination, des hallucinations mentales ainsi qu'une incapacité à raisonner ou réfléchir. Le corps tourne au ralenti. Puis, les poumons se remplissent de liquide et l'alpiniste finit par se noyer dans ses propres fluides internes.

Plus de deux cents corps reposent dans les contreforts de l'Everest, quelques-uns à l'état de squelettes, d'autres parfaitement conservés par la glace. Le plus célèbre d'entre eux, surnommé Green Boots en raison de la couleur de ses chaussures, sert même de balise aux grimpeurs qui, lorsqu'ils passent à côté, saluent ou détournent le regard de cet *alter ego* malchanceux. Pourquoi s'obstiner à grimper cette montagne, à une altitude qui défie le corps humain ?

– *Because it's there*, avait répondu George Mallory, le premier à en tenter l'ascension en 1922 et dont le corps momifié a été retrouvé soixante-quinze ans après sa disparition.

Sur le ventre, à moitié nu, son large dos découvert à l'épreuve des tempêtes, les bras en l'air comme s'il rampait toujours vers le sommet.

Les membres de la cordée de la *Himalayan Walk Agency* savaient tout ça. Ils étaient au courant que chaque année, en moyenne, cinq alpinistes perdaient la vie durant l'ascension de l'Everest. Et pourtant, ils iraient eux aussi, chacun porté par sa propre raison de grimper. C'était plus fort qu'eux. Plus fort que tout.

LOBUCHE (ALT. 4 940)

Alex s'était rapidement liée d'amitié avec Paola, dont elle admirait l'exploit d'avoir grimpé treize des quatorze sommets de plus de 8 000 mètres, à seulement trente-cinq ans. Elle-même avait une solide expérience de la montagne car elle avait été initiée dès son plus jeune âge par Jef, guide de haute montagne formé à Chamonix. L'Italienne était guide, elle aussi. Les deux jeunes femmes avaient infusé dans la glace et leur approche commune de la grimpe les avait naturellement rapprochées. Pour elles, ce n'était pas tant le nombre que la qualité de leurs ascensions qui primait ; elles aimaient mettre en pratique le concept du *by fair means*. Grimper sans artifice, sans démonstration de force, n'être en compétition qu'avec soi-même, sans gestes superflus et un effort calculé au cordeau… bref avec style, alpin de préférence. Une vision de l'alpinisme on ne peut plus éloignée de celle de Mallory, qui, prêtant une oreille indiscrète à ce moment-là de leur conversation, avait commenté à sa manière.

– Ça veut dire quoi, grimper avec style ? Escalader en robe ? s'était-il esclaffé, goguenard, avant de les dépasser de sa démarche chaloupée, conséquence directe de ses jambes arquées.

Alex ouvrait déjà grand la bouche pour lui dire le fond de sa pensée quand Paola lui avait posé une main apaisante sur l'épaule ; ils n'étaient qu'au début de leur aventure et lui foutre sur la gueule maintenant reviendrait à miner le chemin à venir. Alex pesta, quand même.

– Ça existe encore, des bourrins pareils ?!

– Malheureusement, ce sont toujours les mauvaises espèces qui sont en voie d'extinction, avait sourit Paola, depuis longtemps blasée du genre.

Découvrant des dents de louve empêchée du massacre, Alex s'était entendu conclure :

– … exilé sur le sol au milieu des huées, ses couilles de géant l'empêchent de marcher.

Le jour était en train de tomber dans la vallée du Khumbu lorsque l'équipe menée par Mohinder atteignit Lobuche, où ils allaient passer la nuit. Le petit village était construit sur un plateau balayé par des vents glacés qui charriaient une poussière crayeuse et décoiffait le peu de touffes d'herbes rases qui subsistaient par endroits. Un paysage aride, bien éloigné de la végétation luxuriante de Lukla ; entre le western américain et la toundra sibérienne, les montagnes himalayennes en plus. Juste au-dessus de leurs têtes, le Lobuche Peak, monstre impressionnant de plus de 6 000 mètres, servait de toile de fond sur laquelle se déclinaient en rosée les dernières lueurs du jour. Alex, les yeux levés vers le sommet enneigé, ne vit pas Mei Li arriver : la Canadienne la heurta de plein fouet pour s'écrouler lourdement à ses pieds. Paola, qui suivait, s'empressa de relever la jeune femme et, à la vision de ses yeux perdus dans l'espace et de son teint pâle, devina tout de suite ce qui n'allait pas.

– Tiens, mets ça en boule dans un coin de ta bouche et laisse infuser, lui dit l'Italienne en lui tendant un sachet avec ce qui ressemblait à des feuilles séchées à l'intérieur.

– Qu'est-ce que c'est ? demanda Mei Li d'une voix faiblarde en en prenant une pincée.

– De la coca. Pour mieux supporter le changement d'altitude. On a dépassé les 4 000.

– Un rapport avec la cocaïne ?

– C'est le produit de base, intervint Jef, mais sans le kérosène, le goudron et les plumes qu'ils rajoutent ensuite. On est loin des amphétamines que prenaient les gars qui s'attaquaient au K2 dans les années 1950.

Son regard vira nostalgique tandis qu'il se murmurait à lui-même :

– Ça, c'était rock.

Mei Li enfourna les feuilles dans sa bouche et sembla dans l'expectative d'une transformation chamanique, voire quelconque, mais au final, c'était juste comme gober un sachet de thé amer avec sa salive comme eau chaude.

– Tu n'en as jamais pris ?

La grosse voix de Mohinder résonna tel un reproche devant l'air de dénégation de Mei Li, aussi, Mallory intervint, pensa-t-il, en sa faveur :

– Moi, j'en prends jamais non plus, depuis le temps, mon corps est habitué à l'altitude.

Mohinder haussa les épaules et reprit le lead du petit groupe :

– Allons-y, Joga nous attend.

Leur arrivée dans le village passa inaperçue. Une seule rue traversait le hameau, et elle était vide à cette heure. En passant devant, Alex jetait des coups d'œil aux fenêtres des rares maisons dans l'espoir d'apercevoir des gens vivants. Mais les lumières étaient éteintes et les habitants, déjà couchés. Tout le monde se levait tôt dans cette partie du globe.

Les yakmen stoppèrent leurs bêtes devant une grande maison faite de tôles et de béton et après avoir déchargé les sacs, attachèrent les animaux devant l'abreuvoir principal avant de s'engouffrer fébrilement dans une gargote d'où s'échappait un anachronique morceau de Rihanna. C'était pas si mort ici, finalement.

Devant la maison, un vieil homme salua Mohinder et leur fit signe d'entrer. Un par un, ils franchirent le seuil tandis que leur hôte leur offrait une écharpe de bienvenue en s'inclinant légèrement, se présentant à travers son sourire édenté : Joga. En récupérant l'étole jaune des mains du vieillard, Alex distingua l'impressionnante cicatrice qui lui zébrait le visage de l'œil au menton. Une vraie gueule de pirate.

Après s'être réparti les lits dans le dortoir du lodge, chacun des membres de l'équipe vaqua à ses occupations en attendant l'heure du dîner. Alex sortit devant la maison pour fumer une clope bien méritée et retrouva Mei Li, assise sur les marches en bois du petit perron. Elle observait la rue en se massant une cheville. La Canadienne était la personnalité la plus discrète du groupe et se mêlait rarement aux discussions. Elle affichait un sourire timide qui jurait avec son regard de bête traquée à chaque fois que quelqu'un s'adressait à elle.

– Tu t'es fait mal ? s'enquit Alex en s'asseyant à une distance qu'elle jugea raisonnable pour ne pas la faire fuir.

– Une foulure que j'aurais pu éviter en regardant simplement où je mets les pieds, répondit Mei Li dans un petit rire gêné.

Le cirque majestueux du Thamserku leur faisait face, grandiose et terrible.

– Difficile de ne pas lever les yeux ici.

Mei Li acquiesça :

– C'est la première fois pour moi au Népal. Normalement, j'aurais dû grimper par la face nord, côté chinois – en fait, je suis sino-canadienne, crut-elle bon de préciser, mais c'était trop compliqué.

– Du côté tibétain ? Pourquoi ça ? l'interrogea Alex.

Mei Li marqua un silence. Alex l'encouragea d'un sourire et son équipière se laissa enfin aller à quelques confidences :

– C'est beaucoup plus cher en passant par le Tibet, je ne pouvais pas me le payer. Et le nombre de permis d'ascension octroyés aux grimpeurs est très limité.

– Pour éviter les embouteillages, non ?

– Oui, entre autres. Allez, je vais prendre une douche pendant qu'il y a encore de l'eau chaude.

Mei Li rentra en clopinant sur sa cheville encore fragile et Alex, qui se ralluma une clope, reporta son attention sur le Thamserku tout en réfléchissant à ce que venait de lui rapporter la jeune femme. Jef lui avait expliqué comment cela se passait sur la face nord du Toit du Monde. Coté tibétain, le nombre de permis délivré par année est limité parce que les autorités chinoises demandent des certificats d'ascension ; il faut justifier de son expérience pour avoir une chance de grimper par la face nord de l'Everest qui est à cheval sur les deux pays. Pour limiter le nombre de prétendants au sommet mais aussi – et surtout – décourager les amateurs de sensations fortes qui n'ont jamais vu un piolet de leur vie. De plus, l'ascension par la face nord est réputée plus technique que la face sud par laquelle ils allaient grimper. Alex fronça les sourcils, son regard se perdant sur les sommets alentour. De toute évidence, Mei Li ne connaissait pas la coca, remède pourtant courant lorsque l'on fréquente les très hautes altitudes ; même Mohinder avait l'air ennuyé. Mei Li avait-elle l'expérience nécessaire pour grimper l'Everest ? La suite du parcours leur donnerait rapidement la réponse. Sa clope fumée jusqu'au filtre lui brûla les doigts dans la nuit tombée. Elle rentra.

Après le dîner composé d'un *dhal bhat* servi par Joga lui-même, le groupe se dispersa entre ceux qui allèrent dormir et ceux qui restèrent digérer dans les banquettes du salon, rendu accueillant avec les odeurs d'épices et la chaleur ronflante des braises du feu allumé pour faire mijoter l'énorme marmite de lentilles. Paola, penchée sur une carte topographique de la vallée du Khumbu, suivait du doigt la voie qu'elle avait empruntée pour monter le Lhotse, la montagne jumelle de l'Everest, en décrivant à Jef les passages difficiles ou les obstacles qu'elle avait rencontrés sur le trajet. Ce dernier avait beaucoup de mal à rester concentré sur la carte. Le visage habité de Paola s'exprimait avec une passion qui la rendait d'une beauté dingue. De son côté, Alex était plongée dans ses pensées, hypnotisée par le feu qui dansait. Elle était tellement fatiguée que le sommeil mettrait du temps à venir, autant rester là, à profiter de cette ambiance du bout du monde qu'elle ne faisait pour l'instant qu'effleurer. Non loin d'elle, Mohinder était assis dans un fauteuil défoncé, ses yeux aux éclairs noirs rivés à l'intérieur d'eux-mêmes. Le sherpa parlait peu, uniquement lorsque c'était vraiment nécessaire. Mais sous son air bourru, Alex lui trouvait quelque chose ; dans le mouvement qu'il imprimait dans l'espace, dans l'économie qu'il mettait dans ses gestes rodés par l'habitude d'avoir un corps si grand, émergeait une certaine douceur. Dans son regard aux aguets lorsqu'il ouvrait la route devant eux, elle décelait une rare prévenance, de celles qu'ont les guides pour anticiper tout danger possible avant de devoir ramasser les morceaux. Puis il les observait, eux, le groupe qui se formait peu à peu, les ententes, les frictions, les allures aussi, sur lesquelles il s'adaptait pour satisfaire tout le monde, sans rien laisser paraître. Il avait des yeux derrière la tête et gardait sa langue dans sa poche. Leur premier test pour l'Everest avait déjà commencé et c'est lui qui les évaluait. Tandis qu'elle l'observait, le sherpa se tourna vers elle et Alex sut qu'il avait lu dans ses pensées. Mohinder reporta son attention sur le feu, un petit sourire en coin.

Sa vaisselle terminée, Joga vint leur proposer du thé et de l'eau-de-vie qu'il rapporta sur un plateau. Alex vit Mohinder refuser d'un petit signe agacé le verre que Joga lui tendait ; mais l'attention du sherpa resta focalisée sur le liquide qui passait de main en main, jusqu'à ce qu'il n'en reste plus. *Le regard de la soif jamais rassasiée*, se dit-elle.

Dehors, il faisait nuit depuis longtemps et Paola, fatiguée, termina son thé avant d'aller rejoindre Mei Li, Mallory et Vassili qui dormaient déjà. Joga, après avoir descendu son verre en deux grandes rasades, se pencha vers Alex et tapota sa cicatrice :

– Tu sais ce que c'est, ça ?

Alex fit non de la tête. Elle n'aurait jamais osé lui poser la question de toute façon.

– C'est la guerre, reprit Joga, l'air soudain grave.

– Joga… l'interrompit Mohinder, d'un air las.

– Ils doivent savoir ! insista Joga en le chassant de la main comme s'il écartait une mouche.

Mohinder se renfonça dans son fauteuil en marmonnant :

– Tout le monde doit savoir, avec toi.

Jef et Alex échangèrent un regard, puis reprirent un peu de thé. Ce voyage, ils le faisaient aussi pour rencontrer des gens et écouter leurs histoires. Et de toute évidence, Joga n'attendait que la venue de clients dans leur genre pour raconter la sienne. Ce dernier, satisfait de voir qu'il avait un auditoire, changea de place pour venir s'installer près de Jef qui se serra dans un coin du canapé.

– Lorsque la guerre civile a éclaté, j'avais une famille. J'avais un fils. Il a combattu pour ses idées et il en est mort. Aujourd'hui, je me demande à quoi tout cela a servi, hormis nous enlever nos fils vaillants et travailleurs. Il ne faut pas l'oublier. N'oubliez pas mon fils, il s'appelait Akhram.

– De quel côté se battait-il ? L'armée régulière ou les maoïstes ? demanda Jef qui avait suivi le conflit, à l'époque.

Joga se leva, aussi vivement que lui permettaient ses jambes cagneuses et maigres rongées par la boisson, et se dirigea dans un coin du salon où se trouvait un tapis qu'il replia de moitié. Dessous, Alex aperçut une petite trappe qu'il ouvrit, non sans avoir jeté auparavant un coup d'œil suspicieux en direction de la fenêtre. Il en sortit une vieille pétoire, rouillée et sans âge, qu'il empoigna fièrement.

– Il se battait du côté de ceux qui se cachent dans l'ombre aujourd'hui, pour renaître dans la lumière, demain.

Autrement dit, les communistes matés par le gouvernement de l'époque, en déduisit Jef alors que le vieil homme achevait son laïus en brandissant sa carabine :

– Nous sommes prêts, nous ne sommes pas tous exterminés. Certains des nôtres ont infiltré leur rang.

Devant le silence prudent de ses hôtes, Joga cru bon de les rassurer.

– Vous êtes français. On aime bien les Français parce qu'on aime bien Chirac.

– Ah, ponctua Jef qui ne sut pas quoi dire d'autre.

– Et votre fils, il a une mère ? Enfin, vous avez une femme ? bafouilla Alex pour faire diversion.

Joga sembla pris de court. Il remit rapidement le fusil dans sa cache et plaqua d'un ton bref :

– Je suis veuf.

Du fin fond de son fauteuil, Mohinder toussa. Le vieil homme, dont la fébrilité semblait être retombée, jeta du sable sur le feu pour éteindre les braises et, prétextant la préparation de leur petit déjeuner aux aurores, leur souhaita bonne nuit avant de s'éclipser. Alex se sentit mal à l'aise ; elle avait l'impression que c'était elle que le vieil homme avait fuie.

– Il n'est pas veuf.

Mohinder, qui avait gardé le silence jusqu'ici, déplia lourdement son grand corps et s'adressa au feu éteint, la voix enrouée.

– Il a dû la répudier car elle avait fauté avec un gars de l'armée régulière.

– Elle avait fauté ou elle avait été violée ? demanda Jef qui connaissait la cruauté des deux camps.

– Pour lui, c'est la même chose.

Alex eut une grimace de dégoût.

– Et pour toi ?

Les yeux noirs de Mohinder délaissèrent les braises grises pour glisser vers elle.

– Ce que je pense n'a pas beaucoup d'importance, murmura le géant avant de se diriger d'un pas pesant vers le dortoir, laissant Alex et Jef entre deux eaux.

Le groupe s'éclipsa le lendemain matin. En passant devant la chambre privée de Joga, Alex entendit ses ronflements d'enfer. La gnôle de la veille faisait toujours son office ; tant mieux. Le récit du vieux bonhomme l'avait foutue en rogne et elle n'aurait pas réussi à le remercier avec un sourire, même de circonstance. Renier une femme violée, la double peine est pire que cruelle. Elle ne pouvait pas cautionner ça, surtout sous prétexte de mœurs, en l'occurrence pourries, et partait soulagée de ne pas dormir une nuit de plus dans cette maison chargée de ténèbres passées et de fusils planqués sous le tapis.

CAMP DE BASE (ALT. 5 364)

Alex était fourbue. Les effets de la coca de la veille s'étant dissipés, les premiers symptômes de l'altitude et de son oxygène raréfié se faisaient ressentir. Lorsqu'elle tournait la tête dans une direction, ses yeux suivaient au ralenti une autre réalité embrumée. Elle évoluait dans un rêve où l'on ne peut courir et où les battements comme agrandis de ses poumons ordonnaient tout le reste de son corps de poupée molle, remontaient jusqu'à ses tympans, assourdissant les autres bruits. Elle flottait autour de son cœur, seul élément tangible dans cette mer de coton où ses jambes continuaient de marcher sans le savoir.

– Ça va ? lui demanda Jef alors que la forêt de tentes jaunes qui composait le camp de base de l'Everest venait d'apparaître au détour du chemin.

La voix de son père la fit revenir parmi les vivants.

– Nickel, mais c'est bien qu'on arrive, je commence à avoir faim, répondit-elle d'une voix qu'elle entendit lointaine.

Jef se mit à rire.

– Ce qui est bien avec toi, c'est que même à deux doigts de claquer, tu gardes toujours ton sens de l'humour.

Alex ne put que lui renvoyer un sourire qu'elle espérait vaillant et accepter de nouvelles feuilles de coca que Paola, attentive à son état, lui tendait avec sollicitude.

– Tu veux que j'te porte ? Je suis solide hein !

– Je n'en doute pas, Mallory.

Vassili ralentit le pas pour poser sa patte d'ours sur l'épaule de l'Anglo-Népalais.

– Parle-moi donc de Grand George, j'aurais tellement aimé grimper avec lui.

Mallory se laissa entraîner par le Russe qui reçut d'un sourire en coin le pouce en l'air de remerciement qu'Alex lui adressait.

Vassili était le seul membre de l'équipe qui arrivait à passer outre le comportement de Mallory, ce type au physique si particulier : une sorte de croisement entre un rottweiler et un paresseux. Grand tronc bodybuildé, petites jambes, absence de cou et bras trop grands pour sa petite taille. Rien à voir avec les gènes de George Mallory, dont il se revendiquait être le lointain neveu. Intrigué de côtoyer un descendant népalais de l'Anglais qui, le premier, gravit l'Everest par le col nord, Vassili l'avait longuement interrogé sur le lien qui l'unissait au célèbre alpiniste. Mallory s'était lancé dans une explication dithyrambique à propos de l'oncle-de-son-arrière-grand-père-dont-la-belle-fille-de-la-mère-avait-fricoté-avec-John-le-fils-de-George-Mallory. C'est son père qui lui avait raconté l'histoire et Mallory s'en était soudain senti exceptionnel dans sa vie de soldat. Car Mallory était un ancien Gurkha, une unité d'élite composée uniquement de soldats népalais, au service de Sa Majesté britannique. Jeune retraité, il était parti sur les traces de son illustre ancêtre en enchaînant les sommets.

Lorsqu'il parlait de Grand George, comme il l'appelait affectueusement, ses yeux brillaient d'un éclat tel que Vassili ressentait une amitié teintée de pitié pour le petit homme et tentait, en compagnon indulgent, de le sortir de son mythe. Une tâche ardue car, somme toute, Mallory avait l'intelligence butée de ses muscles.

L'équipe, qui avait atteint la moraine du glacier du Khumbu, défilait maintenant devant des rangées de cairns, dressés en mausolées de part et d'autre du sentier en mémoire des plus de trois cents victimes emportées par l'Everest depuis un siècle. Dont une bonne moitié de sherpas, constata Alex en déchiffrant les noms inscrits sur les cartes, photos ou rochers. Devant elle, Chicago ajouta rapidement une pierre à un petit cairn avant de rattraper son yack. Arrivant derrière, Alex y jeta un coup d'œil. Sur l'autel improvisé, une photo jaunie d'un jeune homme souriant qui ressemblait comme deux gouttes d'eau à son petit porteur.

– C'est pire que le Golgotha ici, commenta sombrement Mallory.

Pour une fois, ils étaient tous d'accord avec lui.

Le camp de base de l'Everest était une véritable fourmilière, une ville éphémère installée chaque année au pied de l'immense glacier du Khumbu qui dégueulait sa masse amovible jusque sur le camp. Réchauffement climatique oblige, la glace descendait de cinq nouveaux mètres par an ; il était d'ailleurs question de repousser le camp de base d'un ou deux kilomètres dans les années à venir. Entre les employés de services, les cuisiniers, scientifiques, serveurs, médecins, et les travailleurs de haute altitude, sirdars, coolies, sherpas, agents logistique, aides de camp, en tout, plus de mille personnes vivaient là pendant la haute saison. Au-dessus de leurs têtes, l'incessant ballet des hélicoptères chargés du ravitaillement ou de la dépose des clients les plus aisés. Alex, qui s'était projeté le film d'une arrivée silencieuse et solennelle dans ce lieu mythique, dut faire une croix sur l'émotion. C'était juste le bordel.

Mohinder les mena vers une première tente d'où entraient et sortaient des alpinistes pressés. À l'intérieur, on leur demanda leur permis d'ascension et leurs noms furent cochés dans la liste des prétendants pour l'Everest. Une autre liste était réservée pour le Lhotse qui partageait une partie de l'itinéraire du Toit du Monde, avant de bifurquer sur la droite, après le camp 3. La main d'Alex trembla lorsqu'elle signa le formulaire de décharge ; elle pensa ironiquement : « A voté ! » lorsqu'elle tendit la précieuse feuille à un agent logistique qui la rangea dans un dossier sans lui accorder un regard.

– *Next, please !*

Okayyy…

Lorsqu'elle sortit à l'extérieur de la tente, Mohinder était en train de payer les yakmen dont le travail s'arrêtait là. L'équipe remercia chaleureusement ces gamins courageux qui leur tendaient leurs lourds sacs d'équipement. Alors que ses comparses s'éloignaient déjà en courant, les mains remplies de billets qui ne valaient pas grand-chose, Chicago s'attarda près d'Alex, dansant d'un pied sur l'autre.

– Bonne route Chicago, c'était cool de te rencontrer.

– Quand tu descendras de là-haut, je te dirai que mon vrai nom, c'est Ajiwa, lui dit-il, le regard fuyant vers les hauteurs.

– OK, tu me le dira à mon retour, répondit Alex, touchée par l'émotion palpable du garçon. Les adieux ici, n'étaient pas de l'ordre de la formule ; souvent, ils sonnaient juste.

Ils s'échangèrent une pudique poignée de main qui valait un câlin et Ajiwa se dépêcha d'aller retrouver ses compagnons, non sans s'être retourné une dernière fois pour lui lancer un sourire ravageur, devenu sa signature. Alex eut du mal à détourner son regard du garçon auquel elle avait fini par s'attacher, lorsque Jef l'interpella.

Son père était posté devant le célèbre rocher qui annonçait le camp de base lorsqu'elle le rejoignit. Il caressait l'inscription rouge sang, taguée à la bombe.

EVEREST BASE CAMP 5 364 m.

Elle s'approcha à son tour et apposa sa main à l'endroit où Jef avait passé la sienne, parmi les milliers d'empreintes invisibles déposées là et que l'on devinait grâce à l'effacement de certaines lettres. Ou quand l'invisible, par essence, devient visible par usure. Elle laissa un peu de son ADN, elle aussi, en pensant que ce rocher portait la mémoire de bien des gens qu'elle ne connaîtrait jamais mais qu'elle touchait, d'une certaine façon, où qu'ils soient dans le monde ce jour-là.

***

– Enfin, vous êtes arrivés !

Un rugissement ravi les accueillit lorsqu'ils entrèrent à la suite de Mohinder dans la tente logistique, où Aniruddha était attablé. Jef étreignit avec chaleur ce vieil ami qu'il n'avait pas vu depuis quatorze ans. Hormis quelques nouveaux plis soucieux ajoutés à son front, Alex retrouva les yeux rieurs et l'air fougueux qui lui étaient familiers.

– Je fais le briefing et on se raconte tout après, leur dit-il à voix basse avant d'inviter d'un geste ample les autres membres de l'équipe à s'asseoir autour d'une table pliante jonchée de cartes topographiques, de tasses de café vides et de talkies-walkies que le guide déblaya rapidement.

– Bienvenue ! Je suis très heureux de vous voir enfin tous réunis. Cela fait des mois, voire des années que j'attends ce moment et je suis honoré de vous avoir comme clients.

L'assentiment général l'encouragea à continuer, tandis qu'une femme et un homme entraient dans la tente. La femme prit l'initiative de servir des cafés qu'elle disposa devant chacun d'eux dans un sourire qu'Alex trouva de circonstance, donc forcé. L'homme s'installa en bout de table à côté de Mohinder et se mit à discuter à voix basse avec le sherpa.

– Comme vous le savez sûrement, reprit Aniruddha, c'est la toute première expédition d'une agence népalaise montée par un ancien coolie – moi. À ce titre, j'ai eu l'immense privilège d'avoir été personnellement épaulé par le ministre du tourisme, M. Shipendra Upadhyaya, qui a tenu à encourager ma démarche. La création d'*Himalayan Walk Agency* n'aurait pu se faire sans le support matériel et humain qu'il a bien voulu mettre à ma disposition. Aussi, j'aimerais vous présenter Dawa, l'agente logistique de cette expédition avec qui nous serons en communication directe tout au long de l'ascension, et Ashok Gurung, le sirdar responsable de l'équipe de sherpas qui ont déjà commencé à acheminer notre matériel dans les camps d'altitude.

Dawa leur fit un coucou du bout des doigts tandis qu'Ashok, interrompant sa messe basse, se contenta d'un bref signe de tête. *Pas les plus fun du pays*, pensa Alex en se brûlant les lèvres sur sa tasse bouillante. Aniruddha reporta son attention sur ses clients :

– Qui parmi vous est déjà venu au Népal ?

– J'ai grimpé le Lhotse l'année dernière, répondit Paola.

– Parfait, tu as déjà eu affaire à l'Icefall, tu connais donc les crevasses par leur prénom, ça nous sera utile ! blagua Aniruddha.

– Moi, j'ai fait le Manaslu il y a six mois, en hivernale ; ce n'était pas du gâteau, je peux vous le dire ! affirma Mallory, qui ne voulait pas être en reste.

– On ne « fait » pas une montagne. On la grimpe, rectifia Vassili, de sa belle voix trop douce pour sa carrure de rugbyman. C'est comme ceux qui disent : « J'ai fait l'Inde » ou : « J'ai fait la Thaïlande », tout en restant enfermés dans leur hôtel cinq étoiles avec vue sur la mer. On ne *fait* pas un pays, on en fait l'expérience, on s'offre à ses interactions, on se met en danger et…

– Amen, singea Mallory, en levant les yeux au ciel et en joignant les mains.

– … *et sinon*, j'ai déjà grimpé l'Elbrouz. Je n'ai jamais grimpé de 8 000, en revanche, reprit le Russe, ignorant avec superbe la moquerie de son acolyte.

– Avec une bonne acclimatation, ça va le faire, lui assura Aniruddha qui tourna son regard vers Mei Li.

La Canadienne avait l'air d'un lapin pris dans des phares.

– Je… je suis allée au Mont-Logan, au Canada. Je n'ai pas beaucoup voyagé pour randonner mais j'adore la montagne. J'ai été subventionnée par ma ville pour grimper l'Everest et en faire un documentaire. C'est un projet nommé « Retour aux origines ». Je… je suis d'origine chinoise.

– Bien. OK, répondit Aniruddha qui ne voyait pas le rapport.

Heureusement pour elle, le guide changea de sujet en passant au programme qui les attendait et Mei Li cessa d'être au centre d'une attention qui paraissait la mettre mal à l'aise.

– Une fenêtre météo semble se dégager à partir du 23, nous partirons donc le 15 pour tenter le sommet le 23 au matin. D'ici là, nous allons faire des marches d'acclimatation, dont une jusqu'au camp 1, afin que les organismes soient fin prêts pour affronter Sagarmatha. L'acclimatation est la clé de notre réussite commune. Mais pour aujourd'hui, repos. Dawa va vous conduire jusqu'à vos tentes respectives, je vous laisse la suivre, conclut-il en leur donnant congé.

Les membres de l'équipe sortirent un à un de la tente dans un joyeux brouhaha de colonie de vacances. Alors qu'Alex les regardait partir en songeant que c'est avec cette bande-là qu'elle allait gravir l'Everest, elle croisa brièvement le regard d'Ashok qui passait devant elle. Le sirdar avait des yeux reptiliens qui matent par en dessous, avec une sorte… d'avidité.

***

Aniruddha était devenu coolie à l'âge de huit ans. Pendant ce travail saisonnier, il portait les sacs des touristes étrangers qui venaient faire des treks dans la vallée et rendait de menus services aux agences qui fleurissaient au fur et à mesure de la demande générée par le tourisme himalayen, alors en pleine expansion.

Tout le monde voulait grimper l'Everest et il habitait à ses pieds, dans le petit village de Gorak Shep. Le reste du temps, il aidait ses parents agriculteurs dans les deux champs qui appartenaient à la famille depuis des générations. Son père avait d'abord été réticent à le voir travailler pour les touristes. Il avait peur qu'il se blesse à porter des charges six fois plus lourdes que lui et il comptait sur son fils pour reprendre la petite exploitation familiale lorsque lui et sa femme seraient trop vieux pour travailler. Mais lorsqu'Aniruddha travaillait à ses côtés, et qu'au lieu de mener droit la charrue, il le voyait garder les yeux levés vers les neiges éternelles avec l'air infiniment triste de celui qui rêve trop haut, son père avait cédé. Le métier de coolie, en fin de compte, ne lui enlevait son fils que trois mois de l'année. Peu de sherpas montent pour le plaisir de la marche, l'attraction pour ce boulot restant le salaire trois fois supérieur à la paye locale, mais ce n'était pas le cas d'Aniruddha. Son rêve était le même que celui des clients dont il portait les sacs à travers la montagne ; il voulait aller au sommet de l'Everest, ce sommet qui l'avait vu naître et devant lequel il se réveillait tous les matins.

Le jeune garçon espérait grimper rapidement les échelons pour atteindre son rêve. Sauf qu'il n'était pas né dans la bonne ethnie. Il était tamang, alors que faire partie du peuple sherpa[1] lui aurait grandement facilité les choses. Les Tamangs étaient connus pour leur hospitalité et leurs chansons – ça lui faisait une belle jambe – alors que les Sherpas, moins nombreux, étaient réputés pour leur robustesse. Leurs exceptionnelles capacités physiques à évoluer en haute altitude les propulsaient favoris, en tout cas de ceux qui se destinaient à grimper, auprès des agences d'expédition. Aniruddha voulait devenir *climbing sherpa* ; il ferait juste sans la majuscule.

À sa majorité, et accompagné de son meilleur ami et futur beau-frère Mohinder, porteur lui aussi, Aniruddha avait fait une demande à l'État pour devenir sherpa.

Les sherpas ne sont pas des travailleurs indépendants ; ils sont salariés par le gouvernement qui les répartit dans les agences d'expédition. Celles-ci n'ont pas ou peu leur mot à dire quant au recrutement de leur personnel bien qu'au fil des années, certains liens de fidélité peuvent se créer entre chefs d'expédition et travailleurs népalais. En échange de la main-d'œuvre, les entreprises reversent une taxe à l'État, qui se paye sur les deux parties. Contrairement à Mohinder, Aniruddha n'avait pas l'argent nécessaire pour graisser la patte de l'employé du bureau de recrutement : sa demande fut refusée. Et pour couronner l'échec, ses parents moururent subitement, tous deux emportés par une coulée de boue alors qu'ils travaillaient aux champs.

Quelques mois après le drame, une équipe de guides de haute montagne français avait été dépêchée sur place par la FFME[2] afin de former des sherpas volontaires

---

1 Le mot « sherpa » désigne autant un peuple qu'une fonction.
2 Fédération française de montagne et d'escalade.

à de nouvelles techniques d'alpinisme et au matériel qui évoluait sans cesse. Aniruddha avait compris entre les lignes que leur mission de formation couvait la volonté d'aider les sherpas qui le souhaitaient à acquérir leur indépendance. Il n'était pas sherpa, mais il en savait autant qu'eux et il était déterminé. Poussé par Mohinder dont le comportement faisait bien souvent autorité, il s'était mêlé au groupe, au culot, et avait excellé en technique et en endurance lors du stage.

Sa rencontre avec l'un des Français, Jef, avait été décisive ; ce dernier, impressionné et touché par ce gamin surdoué qui voulait – à juste titre – péter plus haut que les nuages, lui avait proposé de continuer sa formation en France, à l'Ensa, l'École nationale de ski et d'alpinisme de Chamonix. La seule au monde habilitée à former les professionnels de la montagne. Seulement quarante-cinq candidats étaient diplômés chaque année, la bataille serait rude, voire sans espoir. Aussi, Aniruddha avait accepté sans hésitation. On ne voulait pas de lui comme sherpa ? Très bien. Il allait sauter cette étape et devenir guide de haute montagne. Jef lui avait payé le billet d'avion et proposé de l'héberger gratuitement. Laissant ses maigres économies à sa petite sœur et son frère encore môme, leur promettant de ne plus jamais les abandonner comme il était en train de le faire, le jeune coolie était parti sans se retourner.

Après avoir intégré l'école et commencé sa formation, il avait trouvé un travail en alternance dans un magasin de sport où il en profitait pour apprendre le français, langue qui lui permettrait d'être mieux payé dans son futur métier – au Népal, plus un guide est polyglotte, plus il peut prétendre à un salaire décent. Un an plus tard, il rentrait diplômé. Pour retrouver son pays en ruines.

La guerre civile avait éclaté, sans lui.

***

– Tu l'as toujours.

Aniruddha toucha du bout des doigts la médaille de la compagnie Oisans-Écrins que Jef portait accrochée à sa veste. Ce qu'il ne savait pas, c'est que c'était ce même geste, accompagné à l'époque d'un regard émouvant qui demandait l'impossible, qui avait convaincu le guide français de l'emmener.

– C'est ma carte d'identité, tu sais. Notre signe de reconnaissance entre gens bien, dans ce monde de brutes climatosceptiques, répondit Jef, la blague en désamorçage émotif.

Alex observait les retrouvailles entre son père et son ancien élève ; elle connaissait leur pudeur, celle qu'ont les montagnards en général, et elle sourit intérieurement de les voir si patauds.

Mais son crâne en ébullition la rappela à l'ordre : elle avait besoin de s'allonger, le MAM[3] se renforçait et Paola était partie avec la coca. Elle s'éclipsa, laissant les deux amis se raconter perpète.

À première vue, le camp de base de l'Everest ressemblait à n'importe quel camp qu'avait déjà fréquenté Alex, à la différence qu'il était deux ou trois fois plus grand que la

3 Mal aigu des montagnes.

moyenne et construit en terrassement à même la moraine. Chaque agence d'expédition avait son coin réservé, avec bloc sanitaire et tentes siglées au logo de prestigieux sponsors. Alex marchait au radar depuis trente minutes, zigzaguant dans les méandres des différents quartiers, cherchant des yeux son équipe. À gauche, un dispensaire pour les mal en point. À droite, le mess communautaire où des sherpas préparaient les repas de leurs équipes. Un peu plus loin, elle passa devant une pyramide de détritus qui s'érigeait sur plus de deux mètres de hauteur. Assis à ses pieds, sur un bidon usagé, un jeune homme qui devait avoir son âge la regarda passer.

– Eh !

Alex se retourna. Pour se retrouver nez à nez avec lui. Elle recula, surprise. L'instant d'avant, il faisait partie du paysage et le temps d'un clignement de paupières, il était là, devant elle, comme un personnage échappé du tableau. Il lui tendit un petit sachet.

– Prends ça. Tu croques et t'avales. Ça ira mieux ensuite.

Alex leva les yeux vers l'inconnu qui, déplié, la surplombait largement et tomba sur un visage d'Apache, encadré de cheveux longs et noirs. Et ses yeux. D'un bleu impossible à peindre, les pupilles au centre qui la captèrent en phares noirs au fond d'un lagon clair. Alex resta suspendue là, le sachet perdu dans sa main moite toujours ouverte tandis que l'autre s'éloignait d'un pas tranquille en direction du village de Gorak Shep. Elle reprit son chemin à travers le camp de base, se retournant régulièrement sur le léger parfum d'hallucination qu'avait laissé l'étrange apparition dans son sillage. C'était comme s'il avait été là pour elle. Un rendez-vous qu'elle n'avait pas noté. Et déjà effacé.

Elle trouva Mallory occupé à faire une lessive de sous-vêtements. Sur sa tente, une gigantesque photo avait été collée, le représentant lui-même, posant fièrement dans sa combinaison jaune canari, crampons sous le bras, devant un Everest pixélisé sûrement dégotté sur Google Images. Alex déchiffra les lettres froissées : « Avec Sea to Summit, le sommet à portée d'homme. »

– Il claque, ton sponsor ! On doit le voir de l'espace.

– Mouais, en fait, j'suis pas trop d'accord avec le slogan. Moi, j'aurais mis : « Le sommet à portée de femme » ou un truc dans le genre, dit-il, l'air dégagé.

– Un truc dans le genre ? le railla-t-elle, gentiment.

– Ouais enfin… que ce soit pour tout le monde, quoi. Tu vois très bien ce que je veux dire, bredouilla-t-il, en regardant ailleurs.

– Je vois ce que tu veux dire, le rassura Alex en saluant la manœuvre de réconciliation d'une petite tape sur l'épaule de son équipier qui retrouva le sourire en retournant à ses slips.

L'intérieur de la tente qu'Alex allait partager avec son père pour le mois à venir était assez sommaire. Un espace figurant l'entrée, où l'on entreposait sacs et matériel, deux lits de camp, deux tables de chevet, une ampoule suspendue, reliée à un groupe électrogène qui ronronnait d'enfer et un petit réchaud. Elle posa son sac sur l'un des lits qui grinça sous le poids lourd et fit glisser quelques graines dans sa paume. Qu'est-ce que ça pouvait être ? Au pire, elle n'irait pas mieux. Après une brève hésitation, elle mit les graines dans sa bouche, croqua et avala.

La dernière chose qu'elle vit avant de s'évanouir dans le sommeil fut des yeux d'un bleu glacier qui la bordaient.

HÉRITAGES

Installée à la longue table en bois de la tente du mess communautaire, elle observait le paysage à travers l'ouverture de la toile tout en grignotant un croissant mou. Les deux pans de plastique jaune encadraient un panorama grandiose comme un rideau de scène s'ouvre sur le spectacle. C'était le petit matin et les cimes alentour s'allumaient une à une au fur et à mesure que le soleil montait dans le ciel, formant une chaîne aux cœurs rougeoyants, palpitants, en éveil. La jeune femme se tassa au fond de sa chaude parka. Dans les montagnes, c'est au lever du soleil qu'il fait le plus froid ; tant que la peau demeure à l'ombre.

Alex entendait les fermetures Éclair des tentes qui s'ouvrent, des marmonnements de bonjours étrangers encore dans le gaz de la nuit, une vieille radio crachotante qui passait un air d'un Bollywood qu'elle ne connaissait pas, le gargouillement de la glace que l'on mettait à chauffer pour faire la vaisselle de la veille et les pas dans la neige qui craque des hommes et des femmes qui affluaient dans la grande tente, attirés par l'odeur de café moulu préparé par les cuistots sur le pied de guerre depuis l'aube. Tout le monde attendait que la météo, capricieuse depuis des semaines, tourne au beau temps et que les nuages noirs et menaçants vissés sur les sommets veuillent bien s'évanouir définitivement. Cela signifiait, après une immobilité d'un ennui mortel, que les équipes en stand-by pourraient enfin envisager l'ascension. Alex était habituée à cette vie dépendante du ciel. La fébrilité qui naissait autour d'elle la contaminait peu à peu, la poussant à se lever du banc sur lequel elle était assise, afin de sortir de la tente et voir de ses propres yeux les drogués d'altitude, ceux qui, comme elle, scrutaient, évaluaient, imaginaient pour la centième fois, tels des pilotes de formule 1 récitant leurs virages, le chemin qui s'ouvrait devant eux. Debout, le regard concentré, ils étaient enfouis en eux-mêmes, défiant de leurs muscles tendus d'avant l'effort, le monstre blanc de l'Icefall, la cascade de glace, qui se dressait entre eux et leur rêve. Le sommet.

Pour Alex, l'Everest avait été un rêve de petite fille. S'usant la rétine sur le poster de la montagne mythique accroché dans sa chambre, elle s'était imaginée un nombre incalculable de fois, dans la peau d'une enfin femme, faire les derniers pas qui la relieraient au sommet comme on marche sur la Lune.

À ce moment-là de sa vie, vers ses huit ans, Alex n'avait pas encore appris le cynisme. Ce n'était qu'une question de temps. Sept ans plus tard, exactement, quand elle fut en passe de devenir professionnelle de saut à ski. Lorsque son entraîneuse, qui était aussi sa mère, lui avait suggéré de prendre des cachets « boost » pour mettre en pratique la devise olympique, *Citius, altius, fortius*[4] qu'Alex avait faite

4 Plus vite, plus haut, plus fort.

sienne durant des années. Sans la dope, elle resterait bonne mais ne serait jamais championne ; et les professionnels du milieu ne se satisfaisaient que de l'excellence. Trahie, blessée, Alex avait envoyé paître sa mère, la compétition, et insulté sa devise comme un tatouage raté. À quinze ans, il lui fallait tout reconstruire, tracer une nouvelle route, et faire le deuil impossible de l'innocence fauchée. Son père l'y avait aidée – en divorçant d'abord, et en l'emmenant grimper ensuite. Quand elle montait en tête et repérait les belles failles pour y fixer ses coinceurs, elle traçait sa propre voie et ça, c'était constructif. Elle avait ensuite ajouté une corde à ses ailes en s'essayant au *base-jump*. Le seul truc où elle pouvait mourir, mais avec le sourire toujours figé par l'adrénaline du saut. Elle ne voulait plus toucher terre ou alors, à la limite, des nuages.

Au fond d'elle-même, elle s'imaginait encore et toujours au sommet de l'Everest, le cœur explosé d'une joie revancharde, les yeux mouillés de larmes à ne plus rien voir du paysage seulement lorgné par quelques poignées de surhumains avant elle, et la voix essoufflée de son père qui l'étreint :

– On y est.

Car dans ses projections, sinon idéalistes, mettons, à sa sauce, ils n'étaient que deux là-haut. Seuls en haut du monde avec leurs traces bientôt effacées.

Mais ça, c'était avant que la montagne la plus célèbre du monde ne soit surexploitée. Avant que l'Everest ne devienne un véritable business. Un an plus tôt, quand Aniruddha leur avait proposé de grimper avec lui pour une somme quatre fois inférieure au prix du marché, le père et la fille s'était retrouvés face à un véritable dilemme.

Aider leur ami en participant à sa première expédition, c'était faire ruisseler leur thune dans l'économie locale et participer à payer les quelque trois cent mille locaux qui vivent du tourisme… mais c'était aussi empiler une empreinte carbone de plus sur un sommet qui avait besoin d'air. Le terrible tremblement de terre survenu l'année précédente, laissant le pays en ruine et déserté des touristes, avait changé la donne. Ça et l'appel désespéré d'Aniruddha qui venait de monter son agence et se retrouvait donc sans clients. Lui tourner le dos en de telles circonstances lui aurait assuré la faillite et il en était hors de question. Ravalant leurs remords de participer au cirque, percutant dans la foulée que l'absence de touristes en grand nombre leur permettrait une ascension dite « normale », Jef et Alex avaient pris leur décision : ils iraient sur l'Everest. Et le rêve postérisé d'Alex avait rejailli de ses cendres. Elle devait bien ça à son enfance déviée.

– Et là, Grand George laisse échapper son piolet qui tombe dans le ravin et, sans perdre son calme, il dit au mec qui était avec lui : « T'inquiète pas, j'ai mes ongles. » SES ONGLES ! Tu te rends compte de l'assurance du gars ?! Et ça, c'était en 1921 !

Vassili laissa son esprit s'évader. Il avait fait tout ce chemin, traversé tant de périodes en se serrant la ceinture – dix ans d'économies sur son pauvre salaire de médecin de la toundra –, pour arriver à destination, imaginé tant de fois ses futurs compagnons de cordée, sur lesquels il avait projeté des rêves d'amitiés d'ores et déjà rendues indestructibles par les épreuves qu'ils auraient à traverser ensemble dans cette aventure dantesque. Oui, il les avait rêvés titans et déesses entre ciel et terre, une famille liée par le sang et la pierre qui boirait le thé en attendant la guerre. Jamais loin, la guerre, jamais loin, les soldats forgés par la glace et le vent, avançant en escouade au rythme du tambour et ne formant qu'une seule main dans le secours lorsque viendrait la chute. Il avait… il avait… Il avait beaucoup trop lu Tchekhov. Et ça, c'était avant de rencontrer Mallory.

Ce dernier le fixait, la bouche pleine, en attente d'enthousiasme. Vassili revint à lui :

– Dingue, oui. Je pense qu'il avait du sang russe, ton Grand George, c'est pas possible autrement, répondit-il très sérieusement.

– Tu crois ?

La naïveté de l'ancien soldat en était presque attendrissante.

– Bien sûr, c'est pas possible d'être si fort et si con.

Mallory explosa de rire en lui bourrant virilement l'épaule.

– T'as de l'humour, j'aime l'humour.

– Tant mieux. Ça va Alex, bien dormi ?

Cette dernière, qui était revenue dans la tente du mess pour finir son assiette après le lever du soleil, se retourna sur ses deux compagnons, dont l'arrivée tonitruante n'était pas passée inaperçue.

– Ça va mieux, merci !

– Parfait.

Le Russe continuait de la regarder, comme s'il essayait de lui parler avec les yeux. Elle pigea la requête : elle lui en devait une.

– Tu veux toujours que je te montre comment on clippe les crampons automatiques ? demanda-t-elle innocemment.

– S'il te plaît, oui ; c'est ma première fois avec ça donc j'aimerais me faire la main. Ils sont dans ma tente, répondit Vassili qui se levait déjà.

Alex le suivit au-dehors tandis que Mallory, aveugle à la manœuvre de désertion de ses coéquipiers, trouvait déjà en son voisin de table un autre interlocuteur pour ses histoires. Un jeune Coréen qui ne parlait pas un mot d'anglais.

***

Après une nuit de douze heures, Alex avait repris du poil de la bête. Les vertiges persistaient par intermittence mais les nausées s'étaient calmées et elle avait des fourmis dans les jambes. Les graines que l'Apache lui avait données la veille avaient fait leur effet. Elle se devait de le revoir. Au moins pour le remercier.

Jef entra dans leur tente alors qu'elle s'affairait à remplir un petit sac à dos.

– Tu vas où comme ça ?

– Je vais faire un tour à Gorak Shep.

– Pour quoi faire ?

– Retrouver un fantôme.

Empoignant son sac à dos, Alex lui souffla un baiser avant de sortir de la tente, laissant Jef un brin perplexe.

Il la reconnaissait bien là. C'était son truc, de jouer la mystérieuse ; comme on décrypte un livre ouvert. Pour lui qui savait tout ou presque de sa fille. Il surjouait toujours l'étonné, pour ne pas la vexer. Et elle faisait pareil. Par pudeur, ils réajustaient inconsciemment leurs distances. Sans être dupes, jamais.

Alex commençait à prendre ses marques dans les dédales de ce camping géant qui, peu à peu, lui devenait familier. De temps à autre, elle répondait aux saluts lancés par les équipes d'agences concurrentes installées à bronzer ou à nettoyer du matériel.

L'air était froid et sec et ses lèvres commençaient à craqueler. Elle s'arrêta pour chercher son baume dans son sac lorsqu'un cri affreux retentit à quelques mètres. Un agneau, acheminé jusqu'ici par des éleveurs qui faisaient les allers-retours entre Namche Bazar et le camp de base, se faisait égorger par un cuisinier. Alex accéléra le pas, mettant le plus de distance entre elle et les cris étranglés de la bête qui bientôt s'éteignirent dans un gargouillement pour le moins évocateur.

***

Dernier village étape avant l'Everest, Gorak Shep n'avait rien d'un village à proprement parler. Composé d'une dizaine de lodges aux allures de caserne militaire, l'endroit avait l'air éternellement en construction. Les différents revêtements des bâtiments, pierre de taille, béton à vif ou murs de chaux, composaient un ensemble disparate avec, pour seul uniforme, des toits couleur bleu de travail. Ici et là s'écroulaient des tas de pierres en attente d'être utilisées. Un village qui rappelait à Gotam ce qu'avait été sa vie jusqu'ici : un foutu chantier.

L'arrivée de la guerre civile à l'intérieur même de sa fratrie déjà ébranlée par la mort de leurs parents lui avait enlevé le peu d'espoir qu'il avait d'un jour de se sentir solide. Cette guerre que tout le monde ou presque avait oubliée ailleurs et dont on remâchait toujours les morceaux, ici, vingt ans après.

Elle était arrivée de manière insidieuse. Des types, dont on apprendrait plus tard qu'ils étaient communistes, maoïstes plus exactement, venaient toquer aux portes des maisons, juste pour discuter. Au Népal, l'hospitalité passant avant tout, ils étaient accueillis à bras ouverts avec le thé. Ils demandaient aux villageois leur avis sur la politique du pays, sur la famille royale… Personne ne s'était méfié et tous avaient répondu. Souvent rien ou n'importe quoi car la plupart des interrogés n'étaient pas au courant de la marche du monde et n'en avaient rien à carrer, ils étaient agriculteurs et la seule chose qui importait à leurs yeux était la météo. Lorsque les maoïstes dégottaient des sympathisants, c'est-à-dire des gens qui cochaient volontairement toutes les cases pour abréger la discussion et retourner à leurs champs, ils revenaient avec des tracts qu'ils essaimaient dans les villages, laissant derrière eux une population majoritairement dubitative : les deux tiers d'entre elles étaient illettrés.

Puis ils étaient passés à la vitesse supérieure : ils s'étaient mis à enrôler de force des nouvelles recrues, uniquement des hommes et des adolescents qu'ils emmenaient dans leurs camps dissimulés un peu partout. Le bruit de l'arrivée de l'armée populaire courait déjà quand ses soldats avaient débarqué à Gorak Shep. Les hommes du village avaient eu le temps de disparaître dans la montagne, ne laissant que les femmes et les enfants. Gotam, onze ans à l'époque, avait dû fuir avec Mohinder. Son frère Aniruddha, lui, ne risquait rien, il était en France.

Quand, deux jours plus tard, Mohinder et Gotam étaient descendus de la montagne, le village avait été incendié, les récoltes, pillées. Et Nilambari, sa sœur qu'il croyait en sécurité parce que femme, enlevée.

En l'absence d'Aniruddha, Mohinder était parti seul à la recherche de Nilambari. Il avait mis quatre mois pour la retrouver et la ramener sur son dos, blessée, mais vivante. Et contre toute attente, lettrée. Ses bourreaux lui avaient appris à lire à partir d'un vieux livre de propagande maoïste et le tout équivalait à un joli bourrage de crâne de la pensée unique d'un dictateur.

Merci pas merci.

– Putain.

Gotam lécha le sang du doigt qu'il venait de se couper et amorçait le geste de jeter le bâton taillé à l'Opinel sur un tas qui en comptait d'autres quand sa nièce, Nisha, fit son apparition. Elle vint s'asseoir à ses côtés, devant la maison qu'il partageait avec Aniruddha et désigna le bâton qu'il tenait encore.

– Je peux en avoir un ?

– Ça te fera cinq roupies.

– Avec mon prénom gravé dessus ?

– Dix.

– T'abuses, j'suis de la famille !

– Ta mère t'appelle, reviens me voir quand tu seras riche.

En effet, la voix de Nilambari résonnait en écho dans la maison voisine. Nisha se redressa, du haut de ses quatorze ans boudeurs :

– T'es pas cool, Gotam.
– Quelqu'un a dit que je l'étais ?

Nisha partie, il resta songeur avec un sale goût dans la bouche – et ce n'était pas celui de son sang. Sa nièce avait tort. Elle n'était pas *complètement* de la famille. En fait, sa présence était un fardeau. Son existence même, une erreur. Il n'avait jamais réussi à l'aimer comme il fallait, comme il aurait dû. Il s'en voulait pour ça car elle n'y pouvait rien. Elle n'avait pas demandé à naître. Mais elle portait en elle les stigmates d'une violence qu'elle ne pourrait jamais transformer en joie. Elle ne s'appartenait pas. Mais elle ne le savait pas ; pas encore. Et lui se taisait, comme tous les autres, camouflant son dégoût en pâles sourires.

Il posa l'Opinel sur son poignet et incisa, juste à côté des autres marques, plus ou moins cicatrisées. Il ferma les yeux et serra la mâchoire, laissant la lame se régaler un peu.

***

Il était là. Elle ne l'avait pas rêvé. Son fantôme à tête d'Apache. Accroupi devant une maison, il passait son pouce sur la lame affûtée d'un couteau. Sur son tee-shirt imprimé des Clash, Joe Strummer avait la joue mouchetée de sang séché.

Elle s'avança vers lui, tout en cherchant une phrase d'accroche.

« Eh, quoi de neuf ? » Ringard. « *What's up ?* » Trop américain.

Elle arriva devant lui, sans avoir rien trouvé de bluffant. Il releva la tête. Son visage sévère se détendit dans un air surpris de la trouver là, hésitante, un peu de guingois.

– Merci. Je vais mieux grâce à toi.

Pas si mal, finalement.

– C'est pas grâce à moi, c'est ma sœur qui prépare ça. T'en veux encore ?

Alex hocha la tête. Son guérisseur-dealer lui fit signe de le suivre à l'intérieur. Il se dirigea vers une étagère sur laquelle étaient entassés des bocaux et en choisit un qu'il lui tendit :

– Tiens, tu en as pour deux ans là-dedans.

Alex allait pour le remercier quand la porte s'ouvrit sur une femme qui portait un lourd panier rempli à ras bord de légumes.

– Gotam, je t'ai apporté ça du potager, ça te changera des plats lyophilisés du camp que te file Aniruddha. Je sais que tu en raffoles mais je ne suis pas sûre que ce soit bon pour la santé… Oh, bonjour ! s'exclama la femme, découvrant enfin Alex, prise au dépourvu au milieu du salon, tenant son bocal anti-MAM en bouclier.

Gotam, car *a priori*, il avait un prénom, tenta de faire les présentations :

– Nilambari, ma sœur, et voici…

Il l'interrogea du regard, la laissant terminer.

– Alex. Alex Vincent.

– Tu ne serais pas la fille de Jef Vincent ? demanda Nilambari.

Alex acquiesça tandis que la jeune femme venait lui prendre la main pour la serrer chaleureusement entre les siennes.

– On vous connaît bien de loin, toi et ton père. Aniruddha nous a beaucoup parlé de vous, après son retour de France. Reste prendre le thé, c'est un honneur de te rencontrer enfin.

– Et moi, de rencontrer celle qui concocte ce genre de remède miracle ! sourit Alex en levant le bocal de graines. Qu'est-ce que c'est, d'ailleurs ?

– *Prùma*, répondit Gotam comme un nom de code.

– Les baies d'une plante d'ici, précisa Nilambari. Cuites, elles guérissent, crues, elles tuent.

Alex s'empressa de noter l'information non négligeable dans un coin de sa tête, avant d'accepter l'invitation au thé. Nilambari lui avait plu au premier coup d'œil. Contrairement à Gotam dont la distance froide était à la fois déstabilisante et, elle ne se l'expliquait pas, fascinante, sa sœur rayonnait de gentillesse. Chaque geste qu'elle faisait respirait la douceur. Dans sa robe bleu nuit qui suivait tous ses mouvements, on aurait dit qu'elle dansait. Ses nombreux bracelets cliquetaient en rythme alors qu'elle mélangeait une sorte de gruau dans le grand wok placé au-dessus du feu. Parfois, elle rejetait en arrière la tresse de cheveux noirs qui lui tombait jusqu'aux reins dans un mouvement de tête qu'Alex trouva millénaire. Son piercing en or, accroché à l'aile de son nez, éclairait en contraste sa peau brûlée par le soleil implacable des montagnes. Elle aurait été incapable de lui donner un âge tellement l'enfance et la sagesse vieille se mêlaient dans ses traits. Lorsque Nilambari s'accroupit près d'elle pour récupérer sa tasse vide, Alex remarqua la raideur de la jambe droite qu'elle devina sous la robe longue, la grimace de douleur camouflée en sourire de résilience à fleur de balles.

Au moment précis où Alex allait lui demander le pourquoi du comment, Gotam se releva vivement du coin où il s'était planqué pour laisser les deux femmes discuter entre elles. Son ton brusque surprit Alex.

– Je te ramène au camp. Tu pars tôt demain, si j'ai bien compris.

Alex remercia Nilambari et se mit en route pour rejoindre Gotam qui s'éloignait déjà sur le sentier. Ce garçon étrange l'aspirait dans son sillage. Elle décida de se laisser faire. Pour une fois.

UN POUR TOUS

Lorsque Jef lui secoua doucement l'épaule en lui signifiant qu'il était l'heure de se lever, Alex eut l'impression de ne pas avoir fermé l'œil de la nuit. La dernière fois qu'elle avait regardé sa montre, il était minuit et demi. Elle avait dormi à peine plus de trois heures qui ne comptaient presque pour rien. Ses pensées agitées ne lui avaient foutu la paix que le temps d'une pauvre sieste. Mais quand son cerveau endormi lui injecta l'information de la journée à venir, elle s'extirpa vivement de la chaleur de son duvet pour sauter dans ses fringues soigneusement préparées la veille, enfila sa combinaison intégrale par-dessus et termina avec le baudrier. Cinq minutes plus tard, elle sortait de sa tente pour arriver la première autour de la marmite d'eau bouillante avec laquelle Mohinder avait déjà préparé deux Thermos de café. Le sherpa esquissa un salut en lui tendant une tasse et ils restèrent ainsi, assis et muets, le regard plongé dans la masse du glacier qui les surplombait, plus claire dans les ténèbres nocturnes environnantes. Un a un, les membres de l'équipe d'*Himalayan Walk Agency* sortirent des tentes dans des zips devenus caractéristiques et des bonjours murmurés dans un silence de cathédrale. C'était le moment préféré d'Alex lorsqu'elle faisait des courses : le calme avant la tempête. Ne penser plus à rien d'autre que soi dans le paysage qui s'ouvre. Se projeter dans quelques heures à tel ou tel endroit et se demander quelle sera la vue, là-haut. Des impatiences commençaient à lui agiter les mollets. Elle avait hâte d'y aller.

Vassili terminait de décorer ses doigts de pied avec des straps quand l'arrivée d'Aniruddha sonna le départ.

– On va jusqu'au pied du glacier et je vous explique la suite.

Le groupe se mit en branle, uniquement visible dans la nuit par les lumières de leurs frontales qui dansaient selon l'endroit où se dirigeait le regard. Plus ils se rapprochaient de la cascade de glace et plus celle-ci grandissait, les écrasant de ses dédales, de ses murs abrupts et de ses crevasses sans fond. Vue du bas, l'Icefall du Khumbu ressemblait à ce qu'elle était : un enchevêtrement de séracs de la taille de maisons, écroulés les uns sur les autres en jeu de domino sans règle et dont l'ensemble faisait penser, au mieux, à un champ de bataille d'où l'on sortait vivant, au pire, à un champ de bataille d'où l'on ne sortait pas. Au-dessus de la cascade gelée, le poids du glacier faisait pression, provoquant des chutes de pierres et de glace que personne ne pouvait prévoir. Marcher là-dedans, c'était se sentir constamment en danger.

– Il y a douze kilomètres de glacier à parcourir avant le camp 1. On peut mettre cinq ou douze heures pour y arriver, cela dépend de l'état du glacier et de notre capacité à avancer. J'ai de bons échos des *ice-doctors* : le glacier n'a pas trop bougé depuis l'année dernière donc l'itinéraire reste assez stable.

Ces docteurs du glacier, des sherpas très expérimentés en général, étaient chargés de la création et de l'entretien d'une voie d'ascension la plus sécurisée possible, tout au long de la saison. C'étaient eux qui transportaient puis installaient la soixantaine d'échelles en aluminium nécessaires au franchissement des crevasses. Eux encore qui fixaient les cordes fixes pour faciliter le passage des expéditions commerciales. Sans leur travail, l'ascension de l'Everest s'arrêterait, pour beaucoup, au camp de base.

– Nous partons de nuit pour éviter le réchauffement de la glace par le soleil, néanmoins, je vous invite à rester très vigilants aux séracs en équilibre : ne restez jamais dans un couloir ou en dessous d'un bloc. Gardez en tête que le danger vient principalement du ciel, précisa Aniruddha en tapotant son casque.

Tous hochèrent machinalement la tête, ils connaissaient les règles.

– J'ai établi un ordre de cordée. J'ouvre la marche avec Mei Li derrière moi, puis Mallory, Vassili, Mohinder, Alex et Paola. Jef, tu fermes la marche. Pensez à laisser un bon mètre cinquante entre vous, ça évitera le strike en cas de glissade. Mais surtout, n'oubliez pas de prendre du plaisir ! Allez, on cramponne et on y va.

Alex détacha les crampons de son sac et les fixa sur ses chaussures. Du coin de l'œil, elle vit que Mei Li s'était trompée et avait mis le crampon gauche sous le pied droit. Aniruddha, attentif, se rapprocha d'elle pour la faire rasseoir et le lui rattacher correctement, comme on l'aurait fait pour une enfant.

Ils relièrent leurs jumars par le mousqueton accroché au pontet de leurs baudriers et fixèrent les poignées autobloquantes sur la première corde fixe de l'itinéraire.

Assurage, OK.

Enfin, ils se mirent en route, petites fourmis attaquant le plus haut glacier du monde. Alex, tout en fixant le large dos de Mohinder qui lui servait de repère, exultait. De l'extérieur, elle progressait, concentrée sur ses pas, sur son souffle et sur la corde, mais à l'intérieur, c'était un bouillonnement euphorique qu'elle peinait à contenir. Ce n'était qu'une marche d'acclimatation, le sommet n'était pas pour tout de suite, mais elle faisait ses premiers pas sur l'Everest.

Lorsque la première crevasse se présenta, la jeune femme se fit violence pour ne considérer que ses crampons qu'elle plaçait sur les barreaux de l'échelle et non le vide de plus de deux cents mètres qui se perdait en dessous. Son regard allait de ses pieds à Mohinder, en face, qui l'encourageait des yeux et tendait au maximum les deux cordes en pont de singe auxquelles elle s'accrochait pour garder l'équilibre. Elle n'avait jamais eu le vertige, mais elle savait que ça pouvait arriver. Comme certains marins ont le mal de mer après vingt ans sur l'eau, un alpiniste ou un grimpeur peut se faire surprendre de la même façon ; c'est pourquoi elle ne regardait jamais en bas, même par défi. Contrairement à d'autres, en montagne elle s'embarrassait peu de l'esbroufe, elle tenait à sa vie. Lorsque la main de Mohinder rattrapa la sienne, de l'autre côté, elle souffla un grand coup et sourit au sherpa. Ce dernier lui tapota maladroitement l'épaule :

– Dis-toi que le vertige n'existe pas.

– Mais… ça existe ?! répondit Alex qui savait de quoi elle parlait.
– Tu ne t'es jamais convaincue toi-même de quelque chose ?
– Si, comme tout le monde.
– Alors convaincs-toi que le vertige n'existe pas. Et il n'existera pas. En tout cas, pas pour toi, conclut Mohinder magnanime, avant de reprendre sa route.
Alex se retourna pour réceptionner Paola qui traversa aisément, le pas aussi léger qu'une elfe. Lorsque Jef les rejoignit, l'Italienne le reçut dans ses bras ouverts et l'étreignit affectueusement. Alex détourna pudiquement le regard, heureuse pour son père : les signaux étaient au vert. Puis elle repensa à Gotam, quelque part en bas, et son cœur se mit à s'exciter tout seul dans sa poitrine. Qu'allait-elle faire de *ça* ?
Trois heures plus tard, Aniruddha imposa une pause nécessaire. Grignotant du saucisson, des barres de céréales ou de gel énergétique, la cordée assista au lever du jour. Mais le soleil ne les réchaufferait pas avant longtemps ; il resterait caché derrière l'Everest, et eux, dans son ombre. Alex se mit à frissonner : le coup de chaud du premier tiers de la montée laissait place à sa sueur qui refroidissait. Elle accueillit avec reconnaissance la Thermos de café que Mallory lui tendait.
– Tiens petite, bois un coup et passe à ton voisin.
– Merci petit.

Au moment où Alex portait le café à ses lèvres, Aniruddha, qui avait vivement relevé la tête une demi-seconde plus tôt, sauta sur ses jambes. Un énorme choc résonna sur le sol et Alex se retrouva aspergée de neige et de café bouillant de la tête aux pieds. Lorsqu'elle rouvrit les yeux, un bloc de glace de sa taille avait atterri à l'endroit exact où Mei Li se trouvait assise, dix secondes auparavant. Au-dessus d'eux, des voix se rapprochaient et échangeaient en népali. Aniruddha avait écarté la Canadienne au dernier moment en la tirant brutalement vers lui. Il la releva sur ses jambes tremblantes, vérifia d'un coup d'œil qu'elle n'avait rien et se mit à hurler, autant de peur que de colère :

– On est là ! *Fucking weirdos* ! Apprenez à descendre normalement !

Six hommes venaient d'apparaître et descendaient vers eux avec aisance et rapidité. *Trop d'aisance et trop de rapidité*, se dit Alex. L'un d'eux, dans une glissade moyennement contrôlée, avait fait partir le bloc qui avait manqué d'écraser Mei Li.

– Ah, c'est vous !

Aniruddha avait reconnu les sherpas embauchés par Ashok. Partis une semaine auparavant, ils avaient acheminé tout le matériel nécessaire pour monter les quatre camps d'altitude lors de leur expédition. Sam, le plus jeune de tous, se mit à tempêter, vexé par le ton du guide :

– Eh, on revient du camp 4, désolés d'être crevés ! Comment on pouvait savoir que vous étiez à cet endroit précisément ? Et on descend comme on veut, on n'a de comptes à rendre qu'à Ashok, c'est lui notre patron.

– Tu te calmes, Sam, lui intima celui qui paraissait le plus vieux des sherpas avant de se retourner vers Aniruddha. Pardon, on aurait dû faire attention.

Ce dernier balaya l'air d'un revers de main, effaçant l'incident :

– Y a pas de casse donc ça va, mais doucement la prochaine fois.

Les sherpas allaient pour reprendre leur route quand Jef interpella le dernier qui avait parlé :

– On se connaît non ? Dorje ? Je crois t'avoir déjà croisé en formation d'escalade.

Le regard du sherpa s'illumina quand il reconnut Jef à son tour et il s'approcha pour une poignée de main chaleureuse :

– Jef Vincent ! Je ne savais pas que tu faisais partie des clients d'Aniruddha. Tu vas grimper Sagarmatha ? Tu as changé d'avis depuis la dernière fois…

– Je suis avec ma fille, Alex, dit-il en la désignant d'un signe de tête auquel Alex répondit en saluant le sherpa qui lui serra la main à son tour. Et ton frère, Pasang, comment va-t-il ?

Le regard de Dorje s'assombrit :

– Il est mort il y a deux ans, dans l'avalanche qui a tué quinze autres de mes collègues. Il est en dessous, là, conclut le sherpa en tapant du pied sur le sol gelé.

– Merde. J'ai suivi les nouvelles de cette avalanche, à l'époque. Je suis désolé que ton frère ait été du carnage, compatit Jef en se remémorant le visage souriant et jeune, tellement jeune, du mort.

– Tu es au courant parce que l'événement a fait trop de bruit pour que la presse le cache. D'habitude, lorsque des sherpas meurent, rien n'est relayé dans les médias. Ou les causes avancées sont « épuisement » ou « mal des montagnes », ce qui est souvent complètement faux. Bref, ce sont des choses qui nous arrivent, constata Dorje en philosophe amer.

Après quelques secondes où chacun médita ces paroles, Sam interpella Dorje. Le jeune sherpa avait l'air impatient et, de fait, les autres derrière lui avaient commencé à piaffer :

– Bon, on ne va peut-être pas y passer la nuit ? On a encore du boulot en bas.

Dorje ne lui accorda même pas un regard lorsqu'il serra les dents en confiant à Jef :

– Ils m'ont vraiment collé le pire des coqs ; heureusement, il est dur à la tâche, mais niveau caractère, je n'ai plus l'âge de comparer mes muscles.

– J'arrive, *hātapāta*[5], j'arrive, allez-y ! cria-t-il à l'adresse de Sam, avant de se retourner vers Jef et Alex qui souriaient de voir le vieux sherpa gentiment exaspéré. Allez, on se retrouve pour le grand jour. Que Sagarmatha vous garde.

Alex observait Dorje rejoindre Sam qui se remettait déjà à courir, suivi par les autres, quand Aniruddha annonça la fin de la pause. Ils se rattachèrent à la corde fixe et reprirent l'ascension.

***

Après six heures d'effort quasi continu, l'équipe atteignit le camp 1, à 6 100 mètres d'altitude. Après avoir eu la vue réduite et engoncée dans les méandres du glacier, ils voyaient le ciel s'ouvrir enfin pour eux sur la combe ouest,

5 Petit garçon.

grande étendue glacée qui montait en pente relativement douce jusqu'au pied de la paroi du Lhotse où se situait le camp 2.

– J'avais cru entendre que la pollution d'altitude devenait problématique… mais à ce point-là !? s'exclama Alex en désignant le sol jonché de déchets composés principalement de tentes déchirées, de bouteilles d'oxygène usagées, de bidons et bouteilles en plastique.

– Et encore, ça, c'est la partie émergée de la décharge, acquiesça Paola qui avait suivi son regard. Les touristes ne descendent pas leurs déchets et les sherpas ne sont pas assez nombreux pour s'en occuper en même temps qu'ils gèrent les expéditions.

– Personne ne peut donc obliger les gens à descendre leur crasse ?

– L'État s'est engagé à prendre des mesures, une charte propreté est en passe d'être signée mais un bon pot-de-vin dans la bonne poche et c'est facile d'être exempté.

– C'est dégueulasse.

– Surtout quand on sait que l'année dernière, on a ramassé plus de quinze tonnes de déchets humains entre les camps 1 et 2.

– Humains, genre… de la merde ?

– Voilà.

– C'est *vraiment* dégueulasse.

Ils installèrent leurs affaires dans les tentes fraîchement montées par leur équipe de sherpas et passèrent le reste de la journée à profiter du paysage tout en guettant dans leurs corps les effets d'une altitude de plus de 6 000 mètres. Hormis un léger essoufflement, Alex fut rassurée de constater que ses maux de tête avaient complètement disparu ; les baies de *prùma* qu'elle avait ingurgitées la veille au soir faisaient des merveilles, elle avait repris le dessus.

D'autres sherpas débarquaient au compte-gouttes, chargés du matériel des équipes d'agences concurrentes qui arriveraient après eux, et montaient les tentes en un temps record, pour repartir aussitôt. Les plus rapides faisaient deux allers-retours dans une même journée. Un job éreintant où le risque de chute ou de mauvaise manœuvre augmente au fur et à mesure que la fatigue accroît l'inattention.

Certains s'arrêtaient néanmoins le temps d'un café partagé avec Aniruddha et Mohinder, qui s'enquerraient des nouvelles d'en bas et des préparatifs des expéditions.

Elle choisit un moment où les deux hommes étaient seuls pour les rejoindre. Lorsqu'elle se pointa, Aniruddha l'invita à s'asseoir pour lui servir un thé. Elle profita de l'occasion pour faire une objection, un peu à tâtons :

– J'ai l'impression que Mei Li n'est pas très à l'aise…

C'était le moins qu'on puisse dire mais elle se sentait déjà légèrement coupable d'en faire la remarque.

Mohinder eut un petit sourire ironique qui lui mit la puce à l'oreille. Le sherpa devait penser comme elle, vu le regard qu'il lança à Aniruddha qui, après un temps, répondit :

– Elle a le niveau physique. Je lui ai demandé de me fournir des certificats médicaux. Et en ce qui concerne la technique, je suis là pour m'en occuper.

– Mais, tu as dû lui mettre ses crampons ce matin…

– Et je le referai si nécessaire, rétorqua-t-il d'une voix douce mais ferme.

Un sherpa qui passait les interrompit pour parler avec Aniruddha. Après un sourire qui voulait dire : « Fais-moi confiance », le guide se laissa entraîner à l'écart.

Alex garda le silence, un peu honteuse. Elle avait le sentiment d'être allée trop loin en remettant en cause le recrutement d'Aniruddha mais il en allait de la sécurité de toute la cordée, il ne pouvait pas l'ignorer. Mohinder avait remarqué son malaise.

– Écoute, Mei Li ne faisait pas partie du groupe initial ; elle remplace un client qui s'est désisté à la dernière minute. D'une certaine façon, elle sauve l'expédition car sans son apport, Aniruddha n'avait pas les moyens financiers pour la monter. Le ministre Upadhyaya a bien voulu mettre une équipe locale à disposition mais sa bonté à des limites et quoi qu'il arrive, le recrutement des clients revient au chef d'expédition.

– Mais…

Mohinder la stoppa d'un doigt levé :

– Je ne dis pas que c'est bien. Je dis ce qu'il s'est passé.

Le guide n'avait donc pas eu le choix, comprit Alex entre les lignes. Et il était prêt à prendre *n'importe qui* pour que l'expédition se fasse. Il y avait trop d'enjeux derrière tout ça. Beaucoup trop. Et elle n'aimait pas ça. Mohinder désigna ses sourcils froncés :

– Arrête de cogiter, ça ne te va pas.

– J'y peux rien, je suis Verseau.

– *Bullshit.*

Alex rit de bon cœur, le sherpa retrouva son air de bourru tendre qu'elle avait appris à aimer depuis les deux semaines qu'ils se connaissaient. Et elle ne pensait pas se tromper en se disant que la sympathie était réciproque, aussi, elle décida d'en apprendre un peu plus sur le géant taiseux, pendant qu'elle l'avait juste pour elle.

– Pourquoi tu grimpes, toi ?

– Hormis le salaire ?

Alex acquiesça.

– Pour me venger, déclara-t-il en montrant les dents.

– Quoi ?

– Lors de ma première mission sur l'Everest en tant que sherpa, je travaillais pour des Coréens. Alors qu'on arrivait au sommet – comme j'avais ouvert la voie, je les attendais sur le sursaut Hillary depuis une heure –, ils m'ont interdit de continuer.

– Comment ça ? s'insurgea Alex.

– Ils ne voulaient pas d'un sherpa sur le sommet en même temps qu'eux. J'ai dû les attendre, alors que mon premier Everest était à portée de crampons. En revanche, lorsqu'un des types a fait un malaise dans la descente au camp 4, on a eu besoin de moi. Je l'ai descendu sur mon dos. Il est mort en route.

Alex ravala une honte qui n'était pas la sienne ; certains clients n'avaient vraiment pas de race pour traiter les sherpas comme des bêtes.

– Tu aurais dû le laisser là-haut.

– Sagarmatha ne mérite pas ça, affirma Mohinder, l'air sibyllin.

Non loin de là, assis côte à côte sur une toile de tente étendue en nappe, Paola interrogeait Jef sur son expérience en montagne.

– Tu as déjà dû sauver des clients à toi ? interrogeait la guide italienne.

Jef eut un léger sursaut, surpris par cette question frontale. Jamais il ne l'aurait posée à un collègue, par principe. Aussi, il répondit en biaisant :

– Je les sauve en les ramenant vivants. Si je dois me retrouver à sauver quelqu'un, je suis déjà en échec, cela veut dire que je n'ai pas réussi à anticiper une situation qui dérape.

– Et tu as connu ce genre de situation ? insista l'Italienne.

Jef vit qu'elle ne cherchait pas autre chose qu'une réponse franche et honnête de sa part. Quelque part dans ses yeux clignotait même une certaine urgence, une attente presque douloureuse. Il décida de lui faire confiance.

– J'ai déjà été en échec, oui, j'ai déjà perdu un client. Après ça, j'aurais pu me mettre à avoir peur comme beaucoup d'autres ont eu peur avant moi. Et tu sais ce que c'est, quand même nous, on se met à flipper : autant arrêter le métier. Pourquoi tu me demandes ça ?

Paola marqua un silence avant de lâcher :

– J'en ai perdu un, récemment. Pour la première fois.

Jef acquiesça en silence. Il finissait par comprendre. Elle avait besoin de parler pour alléger son fardeau, ne pas se sentir seule face à l'événement que certains guides redoutent et retranchent dans leur tête comme une pensée qui les rendraient trop branlants s'ils en venaient à se laisser submerger par elle. Tous les guides ont des histoires à raconter, mais certaines d'entre elles, trop glauques, restent planquées en traumatismes et alors il n'y a plus rien à raconter. Paola, encore jeune d'expérience, n'avait de toute évidence aucune envie de se laisser bouffer par le silence que d'autres s'imposent en de telles circonstances. Jef l'encouragea d'une main sur l'épaule qu'il sentit trembler. Il raffermit sa prise pour la soutenir autant du dehors que du dedans et la jeune femme continua d'une voix enrouée :

– C'était sur le Nanga Parbat, au Pakistan. La « montagne tueuse », comme on l'appelle là-bas, précisa-t-elle avec une ironie grinçante. Nous n'étions que deux à grimper, Antonio et moi, en autonomie complète. Cela faisait cinq ans que l'on marchait ensemble, c'était un de mes premiers clients. Bref, ce jour-là, on a réussi, on a atteint le sommet et là-haut, il m'a demandée en mariage. Nous étions les deux personnes les plus heureuses du monde à 8 000 mètres. C'est en descendant que je me suis rendu compte qu'Antonio était en train de devenir aveugle. Lui, il le savait, mais il ne m'avait rien dit : il ne voulait pas m'inquiéter. On m'a assuré par talkie que les secours viendraient et qu'il fallait que je descende seule. J'ai dû le laisser juste en dessous du sommet. Et les secours ne sont jamais venus, conclut-elle en déglutissant la boule qui lui obstruait la gorge.

– Tu as fait ce qu'il fallait.

– Je l'ai abandonné.

– Et ça demande plus de courage que l'on ne croit, de choisir la vie à ce moment-là.

Leurs regards se croisèrent et Paola sut que Jef avait raison lorsque le poids qu'elle avait gardé sur son cœur s'évanouit en même temps que ses larmes retenues trop longtemps s'étaient mises à couler flots sans qu'elle n'y puisse rien. Elle ne devait plus porter son amant comme une ancre. Elle n'avait plus besoin de grimper jusqu'à 8 000 mètres pour avoir la sensation de le retrouver là-haut. Il fallait qu'elle le laisse s'échapper, enfin.

Ses lèvres trouvèrent celles de Jef et, fermant les yeux, elle commençait à goûter sa nouvelle liberté, mêlée de sel et de désir renouvelé… lorsqu'une boule de neige lancée pleine balle lui percuta la tempe.

– Mallory ! Merde !

La voix de l'Anglais leur parvint d'une tente derrière laquelle il se planquait :

– Elle était pour Vassili ! Pardon !

– Je valide le point ou pas ? demanda Mei Li qui faisait l'arbitrage.

– Oui ! répondit la voix de Mallory, toujours invisible.

– Non ! Et on arrête, j'en peux plus.

Vassili qui, bon joueur, s'était laissé entraîner dans la bataille entérina le cessez-le-feu en s'asseyant lourdement, le souffle court. Mallory passa une tête, vit que tout danger était écarté et désagrégea son tas de munitions en shootant dedans avant de défiler sous les applaudissements polis de deux membres d'une autre agence qui finissaient de s'installer.

– Mallory, vainqueur, annonça Mei Li, professionnelle.

– T'es un vrai labrador, toi ! Même à 6 000, t'as envie de jouer, le tança le Russe.

– J'en ai eu un quand j'étais petit, je prends ça comme un compliment.

– Moi aussi, j'en ai eu un, leur confia Mei Li sur le ton de la conversation.

– Ah ouais ? Il s'appelait comment ?

– En fait, j'en ai eu plusieurs, mais comme on les mangeait, mes parents ne voulaient pas qu'on s'attache en leur donnant un prénom. Mon côté chinois.

Mallory resta aussi figé que déconfit, aussi, Mei Li cru bon d'ajouter :

– C'est... c'est une blague !

Tout le monde éclata de rire, y compris Jef et Paola qui avaient suivi l'échange, toujours enlacés sur leur toile. La Canadienne sourit en coin, elle se sentait de moins en moins mal à l'aise avec l'idée de cordée, de groupe. D'amis ? Pourquoi pas ?

La journée touchait à sa fin et le froid glacial de la nuit arrivée les chassa un à un dans leurs tentes respectives. Jef et Paola se séparèrent devant la tente que l'Italienne partageait avec Mei Li et alors que le guide français rejoignait Alex déjà couchée, Mohinder se mit à faire le tour des tentes pour distribuer à chacun les plats lyophilisés qu'il venait de préparer, annonçant à la cantonade :

– Réveil à 4 h 30 demain matin, prêts à partir à cinq heures.

– OK chef ! répondit Mallory, dont la silhouette se découpait sur la toile, projetée en ombre chinoise par la frontale de Vassili qui tortillait maladroitement son grand corps pour le caser dans son duvet.

Paola retrouva Mei Li, enfoncée dans son sac de couchage jusqu'au menton, son plat de nouilles à moitié mangé à côté d'elle, sa frontale allumée sur un roman entamé aux deux tiers. Paola lui demanda, histoire d'être sûre :

– Au fait, tu plaisantais vraiment tout à l'heure, à propos des chiens ?

La bouche de Mei Li s'étira dans un petit sourire que l'Italienne trouva flippant.

– Non.

Aniruddha s'éveilla en plein milieu de la nuit, mû par une sensation étrange. Il tâtonna à côté de lui. La place de Mohinder était vide. Il tendit l'oreille et crut entendre, non loin, des pas étouffés dans la neige. Le sherpa devait se faire une balade au clair de Lune, malgré les – 15 degrés, se dit Aniruddha dont les pensées entre veille et sommeil se perdaient en non-sens.

Mohinder revint quelques minutes plus tard et Aniruddha renifla comme dans un mauvais souvenir les vapeurs d'alcool qu'il répandait dans son sillage.

– Je croyais que tu avais arrêté ça.

Mohinder sursauta, pris la main dans le sac. Sans un mot qui justifierait l'injustifiable, il se coucha, tournant le dos au guide. Aniruddha savait pertinemment que lorsque son beau-frère buvait, c'était un réflexe d'évitement. Quelque chose n'allait pas et, de toute évidence, Mohinder n'arrivait pas à y faire face sans aide.

– Pourquoi ? insista-t-il, plus doux.

Mais seul un silence obstiné dans le vent qui soufflait en rafale lui répondit.

***

Trois semaines étaient passées depuis leur montée jusqu'au camp 1. Ils avaient, par la suite, multiplié les marches autour du camp de base et achevé leur acclimatation par l'ascension du Kala Pattar, dont le sommet offrait une vue imprenable sur l'Everest. Le bilan qu'en avait tiré Aniruddha était plutôt positif. Techniquement, tout le monde s'en sortait bien ; seule Mei Li péchait un peu dans les manœuvres mais s'il l'aidait dans les passages difficiles, ça irait. Alex s'était pleinement remise de son MAM sans qu'il y ait d'autre malade à déplorer. Et il sentait son équipe soudée, ce qui avait son importance. Tout allait bien, tout irait bien, pour le véritable départ qui aurait lieu le lendemain.

Il étudiait une dernière fois les comptes rendus topographiques fournis par les *ice-doctors* dans la tente logistique quand Dawa fit son entrée, brandissant des feuillets en annonçant :

– Les derniers relevés météo !

– Alors ?

– La fenêtre de beau temps n'a pas bougé ; vous aurez pas mal de vent au départ, mais ça devrait se calmer ensuite. Ashok et ses sherpas ne vont pas tarder à arriver pour le dernier brief logistique.

En effet, le sirdar et les six sherpas qui composaient son équipe débarquèrent quelques minutes plus tard. Ashok prit la parole, de son ton traînant auquel Aniruddha avait fini par s'habituer. Il aurait préféré travailler avec Kami Rita, un autre sirdar qu'il connaissait mieux, mais c'était Upadhyaya, le ministre, qui lui avait attribué Ashok, alors fraîchement débarqué dans la vallée du Khumbu.

– Vous partirez les premiers demain. Les autres équipes sont frileuses de se taper le vent alors qu'il ne devrait pas dépasser les quarante kilomètres-heure.

– Ce n'est pas anodin, sourcilla Aniruddha. Mais si ça peut nous donner une journée de rab sur la caravane, ce n'est pas négligeable.

– Bien sûr, si vous avez le moindre problème, vous serez vite rattrapés, mais dans tous les cas vous ouvrirez la voie ; enfin Sam et Dorje l'ouvriront pour vous. Ils seront les premiers à partir cette nuit. Les autres prendront la route en même temps que vous, demain matin.

Les sherpas, dont Sam et Dorje, hochèrent la tête en direction de leurs chaussures. Ils devaient encore avoir à l'esprit la chute de sérac que l'un d'eux avait provoquée, manquant d'amputer la cordée d'un de ses membres avant même le début de son ascension. Même Sam le rebelle fit l'autruche : c'était probablement lui le fautif et il préférait passer l'affaire sous silence, surtout devant Ashok qui semblait l'impressionner. De fait, beaucoup de gens étaient mal à l'aise en sa présence, ce qui était forcément dû à son caractère rugueux, et peut-être aussi à son lien avec le ministre que le sirdar paraissait bien connaître. Comment ? Aniruddha ne lui avait jamais posé la question. Ashok reprit la parole en se tournant vers Dorje :

– Vous partirez systématiquement avec cinq heures d'avance sur le reste du groupe. Compris ?

– Oui patron.

Après un dernier salut, Dorje sortit de la tente, accompagné des autres. Sam, qui s'apprêtait à les suivre, se ravisa pour aller s'asseoir à côté de Dawa qui effectuait des vérifications sur des talkies-walkies.

Ashok se tourna vers Aniruddha :

– Mon boulot avec toi s'arrête ici, je pars pour Katmandou demain, je dois m'occuper d'une équipe australienne arrivée hier. Bonne chance pour l'expédition, mes sherpas et moi, on a fait au mieux, dit-il en tendant une main qu'Aniruddha serra d'un élan sincère.

– Merci pour ton aide. Et merci à Monsieur le ministre de m'avoir fait confiance, il ne le regrettera pas.

– J'en suis sûr, répondit le sirdar en essuyant un rare sourire.

Lorsque Aniruddha vida les lieux à son tour, Sam leva les yeux vers Ashok, une lueur inquiète dans le regard :

– Il faut que je vous parle de quelque chose. Ça concerne Dorje. On a un problème.

***

L'écho en cascade de la clochette du lama résonna en appel général. La cérémonie de la Puja allait commencer. Au-delà de la part traditionnelle de l'événement dont les touristes étaient friands, cela restait avant tout un rituel sacré où les grimpeurs requéraient la bénédiction de la déesse Sagarmatha pour gravir l'Everest sans incident. Alex et Jef s'extirpèrent de leur sieste en transat, prirent crampons et casques et se joignirent aux grimpeurs qui affluaient de tout le camp sous le soleil plombé. Des rangées de chaises pliantes avaient été installées face au stupa qui débordait d'offrandes et de plats. L'odeur douceâtre de bois de genévrier s'élevait en fumée au-dessus de l'assistance et se mêlait aux drapeaux de prière gîtant dans le vent, traçant leurs diagonales tendues sur le bleu du ciel qui recueillait les mantras inscrits à l'encre sur les tissus multicolores.

Alex déposa parmi d'autres ses crampons au pied de l'autel et alla s'asseoir entre Mei Li et Vassili.

Deux moines bouddhistes, assis sur un tapis, s'occupaient de l'ambiance sonore à coups de tambour et cymbales tandis que le lama commençait à scander des incantations. Aniruddha vint s'accroupir devant Alex et s'adressa à son équipe regroupée qui se pencha vers lui :

– D'où que vous veniez, quelle que soit votre croyance, rappelez-vous bien que c'est avant tout la Nature que nous honorons aujourd'hui. Quand la cérémonie sera terminée, votre aventure ici commencera véritablement. Vous ferez partie de la famille, vous comprenez ? Bonne Puja à tous !

Dans l'assistance, la plupart des sherpas présents étaient penchés sur des petits livrets de prière et suivaient du doigt les formules sacrées en même temps que le lama les prononçait. Leurs marmonnements couplés au rythme lancinant du tambourin bouddhiste plongèrent Alex dans une sorte de transe apaisante. Elle ne croyait en aucun dieu, mais la Nature, c'était OK. Son regard s'attarda sur Mohinder, assis à l'écart de leur groupe, penché sur son livre corné. Ses larges épaules en alcôve abritaient son visage renfermé dans un déchiffrage qui paraissait douloureux.

Elle reporta son attention sur le lama qui se déplaçait maintenant parmi les alpinistes pour leur tendre une assiette de riz dans laquelle ils devaient piocher, manger quelques grains, avant de jeter le reste au ciel. Lorsque son tour vint, elle s'exécuta rapidement – elle n'avait jamais aimé les rituels religieux et connaissait davantage ceux des enterrements que des célébrations. Elle avait toujours eu l'impression que quelqu'un la regardait faire et se foutait de sa gueule.

La suite du rituel consistait à prendre un peu de farine de tsampa pour en badigeonner les joues des autres avant de se faire une accolade. Elle en préleva donc dans la soucoupe qui circulait et allait se tourner vers Vassili quand deux mains surgirent dans son dos pour lui caresser le visage. Gotam était là, en train de claquer ses mains encore blanches l'une contre l'autre, un petit sourire en coin. Les battements de son cœur s'accélérèrent. Elle ne l'avait pas croisé depuis des jours et elle se rendit compte, à ce moment précis, combien il lui avait manqué. Mais avant même qu'elle ne put se rapprocher de lui, Mallory surgit brusquement devant elle, les joues en avant.

Pour lui faire plaisir autant que pour se débarrasser de lui, elle lui étala la farine à pleines mains sur le visage et tandis qu'il s'éloignait, mi-toussant, mi-content, elle chercha Gotam des yeux. Il avait disparu. Comme à son habitude. Apparition, disparition.

Sur l'invitation du lama qui passait parmi eux, répandant de l'encens dans son sillage, Alex se rassit sur sa chaise, frustrée. Les empreintes enfarinées sur ses joues prouvaient qu'elle n'avait pas rêvé. Et c'était bien la seule consolation qu'elle avait à se mettre sous la dent.

La cérémonie touchait à sa fin. Alex suivait des yeux le religieux qui avançait lentement devant le tas de matériel entreposé et destiné à être béni par l'encens qui oscillant au bout de son bras. Il arrivait au-dessus des crampons et du casque de Jef lorsqu'il poussa un cri strident qui fit lever l'assemblée comme un seul homme. Le lama venait de s'effondrer sur lui-même.

Une clameur inquiète s'éleva parmi les sherpas tandis qu'Alex se frayait un chemin jusqu'à lui. Vassili surgit à ses côtés et, s'annonçant médecin, écarta tant bien que mal la petite foule agglutinée autour de l'homme au visage pâle et luisant de sueur. Le Russe se pencha pour lui prendre le pouls, soulever ses paupières et, dans un marmonnement de satisfaction toute médicale, remonta sa tête sur ses genoux.

– Vous m'entendez ? murmura-t-il à son oreille.

Alex aperçut un infime mouvement des globes oculaires sous les paupières closes et de toute évidence, Vassili le vit aussi.

– Très bien, alors allons-y.

Devant les yeux de l'assemblée médusée, le docteur se mit à distribuer des grandes baffes de gauche à droite au lama qui, ouvrant grands les yeux sous l'effet de la surprise, bondit sur ses pieds en s'écriant :

– Mais ça ne va pas, non !?

– Aussi bien que vous, on dirait, lâcha Vassili en se remettant debout.

Tel un césar indigné, le bouddhiste se drapa dans sa *kesa* avant de faire volte-face pour fendre la foule qui s'inclina craintivement sur son passage.

– Qu'est-ce qu'il s'est passé ? demanda Alex à Vassili.

Le Russe haussa les épaules :

– C'était du bidon. Même pas un malaise vagal.

– Alors pourquoi ce cinéma ? Il veut nous porter la poisse ou quoi ?

Autour d'eux, la foule se dispersait tout en commentant la scène. Les alpinistes occidentaux avaient l'air de trouver l'incident cocasse, mais Vassili, de son côté, essuyait des regards effrayés voire énervés de la part de certains locaux. La réponse vint d'un sherpa qui, passant à côté d'eux, pointa le médecin du doigt en annonçant, solennellement :

– Sagarmatha a parlé, vous ne devez pas y aller ! avant de s'éloigner comme s'ils avaient été pestiférés.

A priori, aux yeux des autres, ils étaient désormais maudits.

– Je ne crois pas qu'ils y croient vraiment eux-mêmes. Ça doit faire partie du folklore, temporisa Vassili.

– Je n'en suis pas si sûre, répondit Alex, ennuyée.

***

Il faisait encore nuit noire quand Alex pénétra dans la tente du mess. Mei Li l'accueillit d'un sourire tendu avant de replonger à l'intérieur de son sac à dos, vérifiant pour la centième fois qu'elle n'avait rien oublié. Aniruddha interrompit ses cent pas pour la saluer, puis jeta un coup d'œil nerveux à sa montre.

Les membres de la *Himalayan Walk Agency* arrivèrent au compte-gouttes. Jef, Paola, Vassili puis en dernier Mallory qui, pour une fois, ne faisait pas le malin. Ce matin-là, ils étaient seuls dans le réfectoire vide et sans âme. Comme une antichambre où l'on ne fait que passer, sans envie d'y rester bien longtemps. Les mâchoires étaient serrées, les gestes, fébriles, personne n'avait vraiment fermé l'œil de la nuit déjà courte. Un silence épais régnait, seulement ponctué par les murmures des deux cuisiniers qui préparaient un petit déjeuner qu'Alex ne pourrait pas avaler. Non pas la peur mais l'excitation lui nouait l'estomac. Le jour J était arrivé.

À l'extérieur, un vent de tous les diables qui soufflait en rafales gonflait les pans de toile lestés, compressant l'habitacle. Aniruddha consultait sa montre, encore et encore quand Dawa entra en coup de vent, cherchant le guide des yeux.

– Que se passe-t-il ? demanda Aniruddha qui avait remarqué son air préoccupé.

– Les sherpas refusent de monter, ils abandonnent l'expédition.

Les membres de l'équipe bondirent comme un seul homme. La nouvelle était catastrophique.

– Quoi ?! Mais pourquoi ? s'exclama Aniruddha, atterré.

– À cause du malaise du lama lors de la Puja hier. Ils l'ont interprété comme étant de mauvais augure. Et il n'y a rien à faire, j'ai tout essayé pour les convaincre, même l'augmentation n'a pas marché, ils m'ont jeté les billets à la figure et ils sont descendus à Gorak Shep.

– Mais le lama a joué son malaise ! s'écria Vassili. Il a fait exprès !

– On ne pourra jamais le prouver.

Alex vit Aniruddha à deux doigts de perdre ses nerfs. Les bras ballants, le regard vide, le guide semblait revivre le fil de sa vie qu'il l'avait mené jusqu'ici. Son travail anéanti en trois secondes. Mallory prit la parole pour dire tout haut ce qu'elle pensait tout bas :

– On ne va quand même pas abandonner à cause de sherpas flippés !

Jef prit Aniruddha par les épaules pour plonger son regard dans le sien :

– Tu crois qu'on peut le faire quand même ? Dorje et Sam sont déjà partis, tout le fret a été monté dans les camps… on n'a plus qu'à se monter nous-mêmes.

– On pourrait… mais… commença le guide, hésitant, quand son regard dévia par-dessus l'épaule de son ami et s'illumina de soulagement :

– Mohinder ! Tu es là !

– Bien sûr que je suis là, tu t'attendais à quoi ?

Le sherpa avala un shot de café noir puis dans un mouvement brouillon, laissa échapper la tasse qui vint se briser à ses pieds. Marmonnant des excuses à on ne sait qui, il ramassa les débris pour les mettre à la poubelle avant de déclarer, tout de go :

– Bon, on y va ?

Les regards se tournèrent vers Aniruddha qui rapporta à son collègue la nouvelle donne de l'expédition. Mohinder haussa les sourcils, contrarié :

– Monter sans sherpas d'assistance, c'est très risqué. Je ne suis pas pour. Dawa, tu laisserais faire ça ?

L'agente se dédouana d'un haussement d'épaules :

– La décision revient au chef d'expédition.

Alex attendait avec la même impatience que les autres lorsque Aniruddha se décida à en appeler aux votes :

– Qui est pour monter ?

Tout le monde leva la main. Aniruddha se tourna vers Mohinder qui finit par lever la sienne, de mauvaise grâce.

– Alors on y va, annonça le guide avec une détermination renouvelée.

Ils se réunirent en cercle, bras dessus bras dessous, comme une équipe avant le match. Dans un silence solennel, plongeant à l'intérieur d'eux-mêmes, Vassili, Paola, Jef, Mallory, Mei Li et Alex interrogèrent une dernière fois leur désir, leur force, leur obstination à grimper cette montagne-là. Lorsqu'ils relevèrent la tête pour revenir à la surface, les regards se croisèrent, farouches, rayonnants de certitude et d'envie.

– Un pour tous et tout en haut !

Empoignant leurs sacs, ils sortirent de la tente en saluant au passage Dawa qui leur souhaita bonne chance.

Quand les huit silhouettes furent complètement avalées par le glacier, l'agente logistique détacha le talkie qu'elle portait à sa ceinture, chercha la fréquence puis actionna le bouton d'émission :

– Ils sont partis.

L'ACCIDENT (ALT. 6 409)

La cordée atteignit le haut de la cascade du Khumbu en fin de matinée. Sous les encouragements d'Aniruddha et de Jef qui l'assurait à l'aide d'une corde, Alex terminait d'escalader à coups de pioche à glace une portion particulièrement raide. Main gauche, pied droit, main droite, pied gauche ; à chaque fois qu'elle plantait l'une des pioches dans la paroi, des éclats de glace lui tombaient sur le visage et s'insinuaient parfois jusqu'à l'intérieur de son tour de cou, lui gelant la peau. Sans compter les rafales de vent projetant une neige poudreuse qui s'accumulait sur ses épaules. Elle s'ébouriffa une énième fois comme un chien se débarrasse de ses puces, puis reprit, sans fléchir, ce qu'il lui restait d'ascension. Arrivée au sursaut qui délimitait la fin de la cascade, Aniruddha l'attrapa par son baudrier et la tira un grand coup, l'éloignant du vide.

– Bien Alex. Suivant !

Le paysage désormais familier du camp 1 apparut devant eux. Ils y firent une pause pour se restaurer et faire une courte sieste avant de reprendre la route, sans s'attarder davantage. Il était prévu qu'ils atteignent le camp 2 en fin d'après-midi. Dorje et Sam les y attendaient pour repartir en relais et Aniruddha voulait conserver leur avance sur les autres expéditions.

Après avoir sinué pendant huit heures à travers la combe ouest baignée de soleil, les yeux fatigués par l'effet réfléchissant de la neige et le vent qui soufflait contre eux, ils arrivèrent en vue du camp. Alex était rattrapée par les effets de l'altitude, essoufflée en permanence, son cœur battait la chamade pour un rien et chaque pas devenait un petit effort en soi. Un coup d'œil à Mohinder qui marchait devant elle l'informa qu'elle n'était pas la seule à douiller.

Ils arrivèrent devant le dernier obstacle de la journée. Une sorte de pont de glace, un passage étroit entre deux crevasses. Hormis l'absence de corde fixe qui les forçait à s'attacher quatre par quatre, le passage n'avait *a priori* pas de difficulté particulière. Jef et Aniruddha encadraient Mei Li pour la traversée et Paola fermait la marche. Ils passèrent un par un, faisant leur pas aussi léger que possible.

Le pont tint bon mais Alex se fit la réflexion qu'après le passage de la cinquantaine d'alpinistes prévue cette année, l'endroit serait tellement fragilisé que les derniers devraient certainement trouver un autre accès que celui-ci. C'était le cas pour nombre d'endroits sur l'Everest ; la masse touristique de plus en plus importante combinée aux effets du réchauffement climatique rendait les itinéraires dits « normaux » toujours plus techniques et donc moins accessibles au commun des mortels. Le travail des *ice-doctors* gagnerait en difficulté et en dangerosité dans les années à venir.

C'était au tour de la deuxième cordée, menée par Mohinder, de franchir le pont de glace. Le colosse se mit à avancer, un pied après l'autre, très lentement. Alex, les crampons bien plantés dans la neige verglacée, veillait à laisser la corde tendue entre elle et le sherpa dont l'équilibre paraissait de plus en plus précaire. Derrière, Mallory et Vassili attendaient eux aussi leur tour, trépignant d'impatience dans le vent glacé. Alex eut un rapide coup d'œil pour la large cicatrice aux parois bleutées ; Mohinder avait-il le vertige ? Elle l'encouragea d'une voix forte :

– Le vertige n'existe pas, rappelle-toi !

Mais la fin de sa phrase fut noyée par une brusque rafale de vent, plus puissante que toutes les autres auparavant, qui vint soudain déstabiliser Mohinder. Le sherpa battit des bras dans tous les sens pour tenter de se rétablir, en vain. Sous les yeux horrifiés d'Alex et de ses coéquipiers, il chuta dans le vide.

La jeune femme n'eut qu'une demi-seconde pour prendre une décision et, avant d'être entraînée à son tour par le poids du géant, elle hurla de toutes ses forces dans son dos :

– TENEZ ! avant de faire les trois pas qui la séparaient du vide.

Fermant les yeux, elle sauta dans la crevasse de droite, son corps faisant contrepoids à celui du sherpa tombé dans celle de gauche.

L'écho du cri de Jef résonna affreusement dans le souffle de sa chute.

La secousse de la corde qui se tendit d'un coup, conjuguée au poids de son sac qui l'entraîna vers le bas, la cassa en deux au niveau des hanches tenues dans le baudrier, lui coupant le souffle. Elle pendulait dans le gouffre, suspendue face à la paroi derrière laquelle Mohinder devait se trouver dans la même position, retenu par la corde qui les reliait ensemble en passant au-dessus du pont. Mais Mohinder était plus lourd qu'elle, il n'y avait pas de temps à perdre. Faisant obstruction à la douleur qui rayonnait dans tout son corps, elle attrapa ses pioches accrochées à son baudrier par leurs longes et les planta dans la paroi pour se stabiliser. Au-dessus, sur la terre ferme, Mallory et Vassili avaient retenu leurs équipiers, conjuguant leurs forces dans un tir à la corde qui aurait pu être fatal si l'un d'eux avait glissé à leur suite. Reprenant rapidement leurs esprits, ils avaient entrepris de faire un mouflage à l'aide d'un piolet fixé en T dans la neige, autour duquel ils enroulèrent la corde pour sécuriser leurs compagnons.

À leur signal, Mohinder et Alex commencèrent à remonter doucement, à la fois hissés par la technique d'assurage mise en place tout en s'aidant de leurs pioches et crampons le long de la paroi pour éviter le poids mort.

Au sortir de la crevasse, la descente d'adrénaline fit fléchir les jambes d'Alex qui s'effondrèrent sous elle. Quelque part dans son dos, elle ressentit comme un coup de couteau qui lui laissa échapper un cri de douleur. Jef, avec toute la délicatesse dont il était capable, la détacha de la cordée et lui retira son sac à dos pour la porter quelques mètres plus loin tandis que les autres agrippaient Mohinder qui peinait encore à hisser sa grande carcasse hors de la crevasse.

Aniruddha se précipita auprès de sa cliente et amie :

– Alex, t'as mal où ?

– Partout, répondit Alex en tâtant ses côtes douloureuses dans une grimace sans équivoque.

– Mohinder, mais qu'est-ce que t'as foutu ?!

Le ton d'Aniruddha claqua comme un fouet, entre colère et incompréhension. Le sherpa, assis par terre, essayait visiblement de reprendre son souffle et resta sans répondre, le regard perdu. Avant que quiconque ne puisse réagir, Aniruddha se précipita sur lui, et, lui redressant brusquement la nuque, parut sentir son haleine. Mohinder leva une main pour le repousser mais Aniruddha s'éloignait déjà à grandes enjambées. Le guide stoppa à quelques mètres d'eux, visiblement en proie au doute, puis revint sur ses pas.

– On réglera ça ce soir dit-il, lèvres pincées, à Mohinder alors que Vassili le redressait sur ses jambes en époussetant sa combinaison maculée de neige.

– Il reste environ une demi-heure avant d'arriver au camp, Alex. Vassili t'examinera une fois au chaud. Tu peux marcher ?

– Je crois.

Alors qu'ils reprenaient leur route, laissant derrière eux la combe qui s'éteignait peu à peu de ses lumières, elle sentit une main frôler son épaule. C'était Mohinder.

– Je suis désolé Alex, je suis vraiment désolé.

– Tu peux, rétorqua-t-elle, sèchement.

Ses dents serrées sur la douleur l'empêchèrent d'en dire davantage, mais le cœur y était. Dans sa chute, le choc répercuté dans son baudrier lui avait meurtri les hanches et les côtes et malgré son épaisse combinaison, chaque mouvement mettait tout son corps au supplice. Jef, qui marchait à ses côtés, fit discrètement signe à Mohinder de la laisser tranquille. Le sherpa ralentit le pas, jusqu'à être la queue de comète de la cordée. Lui, qui depuis Lukla, leur avait toujours ouvert la voie, était désormais relégué à l'arrière, en bâtard de la portée. La vision exaspéra Alex, autant qu'elle lui fit de la peine. Elle avait déjà vécu cette situation. Sa propre mère buvait ses névroses, comme Mohinder buvait les siennes. C'était pour ça qu'il était tombé, et elle avec lui. Les autres n'avaient pas remarqué le penchant du sherpa pour la boisson. Mais comme avec sa mère, elle s'était tue. Éternelle prisonnière d'un secret qui n'était pas le sien, elle n'arriverait pas à s'en défaire sans passer pour une traîtresse. À ses yeux, en tout cas. Elle était de ces femmes qui donnent une chance aux gens cassés et ça lui retombait sur la gueule aujourd'hui, de la plus violente des façons. Alex ravala la rancœur qui montait dans sa poitrine jusqu'à lui écraser la trachée. Elle projeta sous ses crampons le visage de sa mère qui lui souriait, perchée. Bientôt déformé, anéanti sous ses putains de pointes d'acier.

Au pied de la paroi du Lhotse, le camp offrait à cette heure une vue dégagée sur la vallée déjà rouge des substrats crépusculaires accrochés aux nuages qui baissent le rideau. L'équipe était arrivée dans le camp monté par Dorje et Sam qui repartaient déjà, deux points noirs sur fond blanc jusqu'au camp 3, huit cents mètres plus haut. Les teintes du jour qui s'effilochaient en lambeaux se faisaient échos de tristesse avec ce qu'Alex était en train de murmurer pour elle-même, la tête relevée en un défi raté vers les cimes jumelles. Un adieu à la montagne.

Elle s'était mise à l'écart de ses compagnons réunis autour du réchaud, penchés en messes basses. Elle sentait dans son dos les regards désolés de ceux qui n'y peuvent plus rien.

Une heure était passée depuis que Vassili l'avait auscultée dans une tente à l'abri des regards. Le verdict était sans appel. Deux côtes cassées, une vertèbre déplacée. Son corps était rompu et l'Everest, son rêve avorté.

***

Jef était assis à côté de sa fille, en soutien silencieux. Il l'observait en coin, petite montagne de nerfs qui tient, qui tient, qui tient. Il avait toujours admiré la façon qu'elle avait d'appréhender les situations critiques lorsqu'elle s'y trouvait confrontée. Prendre la décision de sauter dans le vide comme elle l'avait fait ce jour-là demandait une force de caractère et une confiance indéfectible en ses coéquipiers, que lui-même peinait à mettre en pratique au quotidien. Elle avait fait ce qu'il fallait, au bon moment, prenant en compte tous les risques possibles en un minimum de temps. Elle n'avait pas pensé mourir ; pour un alpiniste, la mort n'est pas un sujet. Ou alors ennuyeux. Non. Elle avait eu raison de suivre son instinct. Et elle avait sauvé Mohinder avec le reste de sa cordée. L'important était sa vie et non une hypothétique ascension du sommet, mais encore fallait-il le digérer dans sa chair. Et elle était en train de le faire. De renoncer. Il connaissait ce sentiment de déchirure, il l'avait déjà vécu.

Sa fille redescendrait au petit matin, accompagnée par Mohinder. Aniruddha aurait pu demander par talkie à Dorje de s'en occuper – les sherpas étaient encore visibles au-dessus d'eux – mais Jef avait senti une sorte de punition dans le fait de désigner son beau-frère. Il avait entendu des éclats de voix dans la tente des deux hommes et c'est en en sortant qu'Aniruddha avait annoncé sa décision de voir partir le sherpa. Que s'était-il passé ?

Jef reporta son attention sur sa fille et tenta de lui décrocher un sourire :

– Tu fais bien d'arrêter là. Si on ne s'était pas fait cette promesse nulle de continuer même si l'autre devait stopper, je redescendrais avec toi. On s'est toujours dit que c'était surfait, l'Everest, rappelle-toi.

Le visage d'Alex s'éclaira d'une lueur rieuse comme puisée d'outre-tombe :

– T'as raison. Qu'est-ce qu'on fout là ?

Alex ne s'éternisa pas dans les adieux, comme tout le monde, elle n'aimait pas ça. Mais lorsque Mallory se rapprocha d'elle pour la prendre précautionneusement dans ses bras en évitant les côtes cassées et qu'il lui glissa, ému : « Tu vas nous manquer, petite », elle se sentit vaciller. Eux aussi allaient lui manquer. Elle avait jeté à la cantonade un « Un pour tous et tout en haut ! » avec le panache qui lui restait avant de rentrer dans sa tente, pour y cacher des sanglots qui ne pourraient pas sortir. La douleur de ses côtes secouées lui interdisait de pleurer tout son saoul. Même ça, elle ne pouvait plus le faire.

La tombée de la nuit et le froid associé au vent mordant avaient fini par chasser le reste du groupe dans la chaleur des abris. Ne restaient dans l'obscurité que les deux frontales de leurs sherpas qui continuaient de grimper pendant que le monde plongeait dans les limbes nocturnes.

Lorsqu'Alex sentit Jef se lever et s'habiller, à peine quelques heures plus tard, elle se redressa précautionneusement sur les coudes pour le regarder partir, dans un dernier baiser soufflé.

– Grimpe pour deux, papa.

***

Durant toute la journée du lendemain, alors que la cordée avait repris l'ascension et grimpait en file indienne le long de la paroi abrupte, Jef se retournait régulièrement pour suivre à la jumelle les deux silhouettes d'Alex et Mohinder qui traversaient la combe en sens inverse. Plus il s'éloignait de sa fille, plus il pouvait sentir le fil invisible qui les reliait s'écarteler. Il n'avait aucun mal à faire sienne la réflexion que sa fille avait eue la veille :

– Qu'est-ce qu'on fout là ?!

Même jeune guide, alors qu'il en était encore à vouloir ouvrir de nouvelles voies pour avoir la primeur de l'exploit, quand lui et ses habituels copains de cordée se chambraient pour savoir qui était le plus fou à tenter ci ou ça, quand ils risquaient leur vie dans des défis débiles et virils, même à cette époque, l'Everest avait pour lui un goût de déjà monté. Ça ne l'avait jamais intéressé. Il n'avait jamais alimenté le désir de sa fille de grimper cette montagne lorsqu'elle lui en parlait, mais il voyait bien qu'elle était piquée et qu'il n'y pourrait rien. Aussi, lorsque Aniruddha l'avait contacté pour être de ses premiers clients, il avait accepté. Pour Alex. Pour son rêve à elle.

Sauf que les choses n'avaient pas tourné comme l'exigeait la logique ; si tant est qu'il y ait une logique à cette altitude-là. Alex aurait dû continuer, elle voulait l'Everest bien plus que lui.

Quand la combinaison rouge de sa fille s'immobilisa avant la descente dans le glacier du Khumbu, il la visa de ses jumelles. Alex leva la main dans un dernier salut. Il y répondit, le cœur en vrac. Au même moment, il sentit une pression sur son épaule.

– Pleure pas, joli cœur, tu la retrouveras, ta fille. En attendant, c'est moi qui ai ta garde, lui glissa Paola à l'oreille. Il ne put que lui sourire, triste clown, avant de reprendre la montée.

L'oxygène se raréfiant d'heure en heure, il avait de plus en plus l'impression d'être un poisson hors de l'eau. N'arrivant plus à remplir ses poumons que de demi-bouffées d'air, il percevait ses organes comme du poulet sous-vide. Ce n'est que cinq heures après avoir quitté le camp 2 qu'il se résolut à recourir à l'oxygène. Chacun avait désormais une bouteille à sa disposition. Ils les avaient récupérées la veille, après qu'Aniruddha les avait rapidement briefés sur le fonctionnement des jauges et leur débit. Jef allait pour coller le masque à sa bouche et aspirer une première bouffée d'air quand un long cri d'effroi résonna devant lui.

Entraînée par le poids de son sac, Mei Li avait perdu l'adhérence et glissé sur un bon mètre avant que la longe de son jumar bloqué sur la corde fixe ne finisse par la retenir.

– Mei Li ! Ça va ? cria Aniruddha qui, en tête du groupe, s'était arrêté quand il avait perçu le choc sur la corde sur laquelle ils étaient tous assurés.

La Canadienne semblait tétanisée. Jef et Paola se dépêchèrent de la rejoindre :

– Jolie glissade, dédramatisa-t-il tout de suite, voyant l'air apeuré de la jeune femme qui reprenait difficilement sa respiration.

– J'ai… j'ai marché dessus ! articula-t-elle, la bouche sèche.

Jef leva les yeux. À demi enterré dans la neige, blanchi par l'âge, nettoyé par les éléments, un gros os gisait là.

– *Cazzo* !

– Vassili !

Le Russe redescendit lentement à leur hauteur.

– Ton avis de médecin ?

– Tibia, déduit-il en soulevant l'os à hauteur de ses yeux.

– Humain ?

Sans répondre à l'évidence, Vassili se détacha de la corde et s'éloigna de quelques pas, en travers de la pente. Il se doutait que ça ne servirait pas à grand-chose, l'os finirait par réapparaître, mais il ne pouvait décemment pas le laisser là. À l'aide d'une petite pelle pliante qui servait en cas d'avalanche, il l'enterra aussi profondément qu'il le put. Les autres l'avaient regardé se charger de ce qui devait être fait. Paola avait le regard sombre et Mei Li tremblait toujours de tous ses membres. Jef la redressa sur ses jambes en coton :

– Allez Mei Li, reprends-toi !

Aniruddha et Mallory avaient suivi la scène de là où ils étaient. Jef leur fit signe que tout allait bien et les deux hommes se remirent en route. Vassili leur emboîta le pas, les rattrapant facilement.

Paola sortit de sa poche un gel énergétique. Elle en déchira l'emballage avec les dents et le tendit à son équipière.

– Tiens, t'as besoin de jus.

– Combien de temps avant le prochain camp ? demanda la Canadienne en aspirant goulûment sa dose de gel parfum citron.

– Il nous reste…

– Trois heures, coupa Jef. Allez, on a assez perdu de temps, il faut garder les autres en vue. Go !

Paola l'interrogea du regard. Il fallait au moins quatre heures pour rejoindre le camp 3 et le guide français le savait très bien. Mais dans cette situation, un petit mensonge de temps en temps évitait la baisse de moral des plus fatigués et Mei Li commençait à traîner. Il marmonna, en aparté :

– Plus ou moins.

Exposé aux vents qui dévalaient, rendu instable par l'inclinaison importante de la pente, le camp 3, installé en plein milieu de la paroi à 7 400 mètres d'altitude, était le moins apprécié des grimpeurs.

Lorsque Jef, Paola et Mei Li rallièrent enfin le campement une bonne demi-heure après les autres, ce fut pour trouver tentes closes. Leurs équipiers s'étaient mis à l'abri des bourrasques de plus en plus fortes au fur et à mesure qu'ils prenaient de l'altitude. Mei Li, dont la démarche faiblarde ne rassurait personne, s'engouffra dans la première tente vide qu'elle trouva.

Elle va s'écrouler deux heures et ça ira mieux, se dit Jef avant de lever les yeux vers le ciel.

Sur sa gauche le début de l'arête sommitale venait d'apparaître entre deux nuages. L'excitation monta d'un cran dans sa poitrine déjà bien pressurisée. Il savait reconnaître une belle arête quand il en voyait une et celle-ci était particulièrement alléchante.

– Jef, par ici !

La tête de Dorje était apparue entre les deux pans de la tente la plus proche. Jef, suivi de Paola, pénétra à l'intérieur. Aniruddha était là aussi, et parlait dans le talkie. Les nouveaux arrivants se serrèrent dans la chaleur toute relative de l'espace, laissant leur guide terminer :

– Le vent ne paraît pas se calmer, contrairement à ce que tu m'as assuré hier soir. C'est même pire, ici.

Une voix s'éleva alors et malgré la transformation robotique de l'appareil, Jef perçut l'agacement de Dawa au bout de la ligne saturée de friture :

– Écoute, qu'est-ce que tu veux que je te dise de plus ? Pour moi, la météo est bonne sur les trois prochains jours ; si tu arrêtes de perdre ton temps à t'interroger sur les infos que je te donne, vous serez au sommet à temps et seuls pour en profiter. Les autres équipes ne vont pas tarder à vous rejoindre si tu gamberges trop.

– OK, OK, tempéra Aniruddha. On reste en contact quand même, je n'aime pas ça, ajouta-t-il avant de couper la communication.

– C'est moi ou elle a mal pris que tu mettes en doute ses compétences ? le charria Jef.

– Je peux la comprendre, admit son vieil ami ; s'il y a très peu de femmes qui font son job, c'est bien parce que des hommes doutent de leurs compétences. Mais je n'ai clairement pas tiré le bon numéro. Si encore elle était sympa…

– Dorje, tu penses que ça va aller pour Sam et toi cette nuit ? interrogea Jef.

– Sam est en train de se reposer et moi, c'est ma neuvième ascension ici. Ça va le faire.

– Et, bonne nouvelle Jef, poursuivit Aniruddha, Alex est bien arrivée au camp de base, elle a été prise en charge au dispensaire.

Sachant sa fille entre de bonnes mains, Jef se détendit enfin un peu.

Dans la tente d'à côté, Vassili et Mallory passaient le temps en jouant à un mini-jeu d'échecs, allongés comme des césars sur leurs duvets.

– Ça crève, l'altitude, constata Mallory, en bâillant tout ce qu'il pouvait.

Alors qu'il finissait sa phrase, le Russe eut une quinte de toux qui le plia en deux pendant de longues minutes. Mallory se mit à croupetons dans la tente exiguë pour lui taper maladroitement dans le dos :

– Ça va, vieux ?

Vassili hocha la tête, en se raclant la gorge :

– Très bien. Allez, joue.

Une lueur inquiète s'alluma dans le regard de Mallory alors qu'il réfléchissait à son coup suivant :

– Je repense à cet os, tout à l'heure. Si ça se trouve, c'est bien un signe de Sagarmatha. Un mauvais signe.

– Ou le tibia de ton Grand George qui se bat en duel avec le vent depuis quatre-vingt-douze ans.

– Impossible, il a été retrouvé sur la face nord, rétorqua Mallory en abattant sa reine : échec et mat. Je vais pisser.

Dehors, la nuit était tombée. Mallory s'éloigna de quelques pas pour faire ce qu'il avait à faire, le plus vite possible. Il vérifia le sens du vent – il s'était déjà fait avoir et ne voulait pas se rincer les dents une autre fois – et dézippa le bas de sa combinaison. Alors qu'il se soulageait, face à la combe illuminée par la pleine lune, un petit point noir mobile attira son attention. Il plissa les yeux.

L'absence de frontale devait être due au fait qu'on y voyait presque comme en plein jour ; c'était sûrement quelqu'un de l'équipe qui les suivait et qui avait pris de l'avance. Un alpiniste qui jouait au poète disparu en se récitant des vers sous la Lune avant de rentrer fissa au chaud, heureux d'avoir trouvé le moment d'une communion solitaire entre *sa* montagne et *lui, lui, lui.* Mallory n'entendait rien à ce genre de délire spiritualo-égotique : il se pelait les poils des couilles et ça s'arrêtait là. Il se rhabilla rapidement et rentra retrouver Vassili qui ronflait déjà.

Lorsque Paola se glissa dans son duvet, Jef l'accueillit de toute sa chaleur. Cela faisait des années qu'il n'avait pas ressenti un truc aussi fort pour quelqu'un. Depuis la mère d'Alex en fait, qui lui avait laissé le cœur en vrac et la tendresse en ruine. Il avait tellement peur de donner à nouveau des petits bouts de lui qu'il ne savait pas trop par où commencer. Mais Paola, elle, avait déjà une idée :

– Tu as déjà fait l'amour à plus de 7 000 mètres ?

Aniruddha fut réveillé par un mouvement dans sa tente. Il se redressa brusquement pour tomber nez à nez avec Sam qui sursauta, lui aussi. Le jeune sherpa était à genoux près de lui.

– C'était pour te dire qu'on se met en route, Dorje et moi, murmura-t-il en jetant un coup d'œil vers la porte de la tente.

Aniruddha fut étonné de la précaution du sherpa de l'informer de leur départ. En général, ils partaient sans mot dire, préservant le sommeil sacré des uns et des autres.

– Tout va bien ?

– Oui, oui, c'est juste que…

Sam ne semblait plus savoir où poser son regard fuyant.

– C'est ta première fois sur l'Everest avec des clients, c'est ça ? l'interrogea le guide qui avait cru deviner.

Le sherpa acquiesça. Son effronterie habituelle avait soudain disparu. Ne restait plus de lui que le jeune garçon effrayé qu'il était, peut-être par le poids des responsabilités qui devenait de plus en plus lourd au fur et à mesure qu'ils montaient et accumulaient la fatigue. Aniruddha remarqua ses traits tirés, son regard trop clignotant, et tenta de le rassurer :

– Tu es entre de bonnes mains avec Dorje, il a beaucoup d'expérience.

– Je sais.

La réplique avait claqué, mettant un terme à l'instant de fragilité fugace de Sam qui retrouvait son air bravache.

– Rendez-vous au camp 4 alors, murmura le guide tandis que Sam, au terme d'une marche arrière rendue malhabile par sa combinaison épaisse, se glissait déjà au-dehors pour disparaître dans la nuit.

TEMPÊTE

– Courage, on y est presque !

Roseaux pliants sans rompre, les corps étaient penchés, recroquevillés autour de la corde fixe qui les hissait toujours plus haut. Personne n'y voyait plus loin que ses propres chaussures dans ce brouillard de neige et de glace mêlées qui s'infiltrait jusque dans les os. Ils avançaient, arc-boutés contre le vent qui dévalait pleine face du haut de la pente de plus en plus raide, acheminant en vagues continues le grésil qui leur giflait les masques en de violents crépitements.

Il n'était pas loin de midi et ils suivaient depuis neuf heures le sillage de cette corde qui semblait ne jamais vouloir finir. Chaque pas était suivi d'une ou deux secondes pour respirer, autant que possible. Jef ne recourait que peu à son oxygène, l'économisant au maximum. Il était temps qu'ils arrivent au camp 4, où Sam et Dorje avaient acheminé les bouteilles de rechange. Les leurs seraient bientôt vides.

Aniruddha, en tête, ouvrait de nouveau la trace des sherpas déjà couverte de neige fraîche. Il avançait lentement en piétinant pour la compacter le plus possible sous ses crampons et la tête de son piolet. Jef connaissait la force énorme que requérait la manœuvre à cette altitude et il l'aurait bien secondé dans l'effort, mais son ami lui avait expressément demandé de fermer la marche. Mohinder n'étant plus là pour le faire, Jef endossait donc la place de voiture-balai. Mallory et Vassili, respectivement en deuxième et troisième positions, avançaient en mode machine dans le sillon du guide. Paola, en revanche, gardait un œil sur Mei Li, derrière elle. D'un accord tacite, la guide italienne et le guide français s'étaient réparti la charge des encouragements en encadrant la Canadienne. Cette dernière zigzaguait de gauche à droite, dans une marche erratique qui traduisait un début d'épuisement. Paola lui avait déjà demandé plusieurs fois si elle se sentait de continuer, tant en sachant que si elle répondait par la négative, l'un d'eux serait obligé d'endosser le rôle d'un des sherpas manquants et de redescendre, faisant une croix sur le sommet. Mais Mei Li refusait d'abandonner et continuait à monter. Lentement, mais elle montait. Jusqu'à ce que…

– Mei Li ! Mei Li, bouge ! cria Paola du peu de souffle qu'elle avait.

La Canadienne s'était arrêtée d'un coup pour tomber à genoux, le menton posé sur sa poitrine, sa capuche battant au vent.

Jef, à l'arrière, releva la tête au cri de son équipière et sentit l'angoisse lui remonter le cœur, comme un pendule accéléré. Il avait déjà vu un alpiniste tomber dans cette même position en pleine ascension du Makalu. L'instant d'avant, l'homme était dans une frénésie proche du délire, courant et riant à moitié dans la descente, l'instant d'après, il était tombé à genoux. Mort sur place et sans un cri.

Il rejoignit Mei Li aussi rapidement qu'il le put, sous le regard paniqué de Paola qui attendait plus haut. La jeune femme avait retiré son masque, écarté son tour de cou de sa bouche et tentait d'aspirer à grandes goulées un air glacé qui ne la soulagerait pas. Elle voulut ouvrir sa combinaison mais Jef l'en empêcha vivement.

– J'étouffe ! Je n'arrive plus à respirer, cracha-t-elle dans un râle atrophié qui sonna douloureusement.

– Courage ma grande, ça va aller, dit-il en la rhabillant *manu militari* avant de la remettre sur ses jambes.

Comme elle oscillait toujours, il vérifia la jauge de sa bouteille : elle était vide. Merde ! Mei Li avait utilisé tout son oxygène. Elle n'avait pas dû couper régulièrement l'arrivée d'air comme on lui avait dit de le faire. Il pesta intérieurement et, ouvrant le sac de sa coéquipière exténuée, récupéra les vis à glace, mousquetons et descendeurs que la Canadienne n'utiliserait pas dans l'immédiat et les rangea dans son propre sac. Il l'allégeait ainsi de cinq bons kilos, en espérant que cela suffise. C'était tout ce qu'il pouvait faire.

Jef hésitait entre inquiétude et agacement. Alex lui avait rapporté les propos d'Aniruddha concernant l'inexpérience de la jeune femme. Certes, pour le guide népalais, sa présence avait « sauvé » l'expédition mais elle pourrait tout aussi bien la faire échouer, aujourd'hui, par son manque d'expérience et de préparation. Il avait commis une grave erreur de jugement. *Le fric, cette plaie*, pesta Jef dans sa cagoule. Il savait qu'à cette altitude, le moindre grain de sable dans le mécanisme pouvait leur coûter cher. Et Mei Li devenait ce grain de sable.

Comme en écho à ses pensées, un grondement retentit, figeant toute la cordée dans son mouvement. Les têtes se levèrent vers le ciel envahi de nuages menaçants en moins de temps qu'il n'en avait fallu pour le croire. Ce que Jef craignait par-dessus tout pendant une course en montagne commençait à prendre forme : le temps virait à la tempête.

Comme en réponse au grondement, il aperçut quelque chose qui roulait dans la pente. Lorsque cela passa à côté de lui, dans une vision d'horreur qui tourna comme au ralenti, il reconnut un corps qui dégringolait la paroi en pantin désarticulé, jusqu'à disparaître dans le brouillard devenu épais. C'était Dorje.

***

– Putain, putain, putain !

Mallory était en boucle depuis que le corps du sherpa les avait frôlés dans sa chute. La cordée s'était regroupée autant que possible dans le vent violent. Tout le monde était sous le choc. Aniruddha chercha son talkie pour joindre Sam et comprendre ce qu'il s'était passé. Le guide avait déjà vidé la moitié de son sac dans la neige quand Jef comprit qu'il y avait un problème.

– Je ne l'ai plus. Je n'ai plus le talkie, annonça Aniruddha d'une voix blanche.

– Comment ça, *tu n'as plus le talkie* ? réagit vivement Vassili avant de se remettre à tousser.

Le médecin russe, d'habitude si philosophe, commençait à montrer des signes d'irritation. Et cette foutue toux qui ne voulait plus s'arrêter.

Aniruddha se mordit les lèvres en se rejouant l'histoire :

– Je l'ai chargé hier soir après avoir eu Dawa, ensuite je l'ai mis dans mon sac, dans la poche habituelle, et il n'y est plus !

C'était incompréhensible.

– Et si on descendait retrouver les autres ? Ils doivent avoir des talkies, eux ! hurla Mallory entre deux bourrasques.

– Les autres ?! Quels autres ?

– L'équipe qui nous suit. J'en ai aperçu un cette nuit, dans la combe. Ils doivent être arrivés au camp 2.

– Tu attendais quoi pour nous le dire ?! s'exclama Paola.

– Je ne pensais pas que c'était important ! se justifia Mallory avant d'ajouter : Mais maintenant, ça l'est, c'est sûr !

Jef vit Aniruddha réfléchir intensément. L'information fournie par Mallory changeait la donne. Ils étaient plus proches du camp 4 et le bouillon qu'ils avaient en dessous d'eux serait extrêmement difficile à traverser maintenant. Les organismes étaient trop éprouvés pour affronter ça et Aniruddha le savait. Mais ils n'étaient pas seuls sur la montagne et ça, c'était une nouvelle moins pire que les autres.

Voyant son ami osciller entre deux décisions, Jef se détacha de la corde pour le rejoindre et l'épauler discrètement :

– Dans tous les cas il ne faut pas rester là. Si Dorje a été victime d'une chute de séracs, on risque de se prendre une réplique sur le casque. Mei Li doit être rapidement remise sous oxygène, elle ne tiendra pas longtemps comme ça, et nous non plus si on doit lui filer nos bouteilles.

Aniruddha vérifia son altimètre :

– On est à cent cinquante mètres de dénivelé du camp 4, soit encore une bonne heure de marche, dans ces conditions. Tu crois que tu pourrais prendre le lead ? Je vais redescendre au camp 2, pour nous offrir une deuxième chance de communication au cas où il serait arrivé malheur à Sam aussi…

Le regard du guide s'agrandit soudain, comme frappé d'une révélation :

– Il m'a réveillé cette nuit pour me dire qu'ils partaient.

– Et ?

– C'est le seul, avec toi, Paola et Dorje, qui est entré dans ma tente. Où j'avais laissé mon talkie… C'est lui, ça ne peut être que lui.

La voix d'Aniruddha trembla, aussi, Jef le tira de son hébétude en revenant au factuel :

– N'y pense pas. Pas pour l'instant. J'emmène tout le monde là-haut, compte sur moi. On va se mettre à l'abri avec vivres et oxygène en attendant que ça se calme. On attendra ton retour au chaud. Tu peux le faire ? Tu es sûr ?

Aniruddha se préparait déjà. Le guide se détacha de la corde fixe.

– J'en ai pour cinq, six heures maximum, annonça-t-il. Je vous retrouve avant la nuit.

À ces mots, Aniruddha s'élança en ramasse dans la pente, son gant serrant la corde qui le replongeait au cœur de la tourmente.

Mallory, qui comme les autres, avait assisté à la manœuvre de leur guide, n'en revenait pas, tout comme Mei Li dont le regard éteint suivait la silhouette qui disparut dans les nuages :

– Il nous abandonne !

– Qu'est-ce qu'il fait ? Mais qu'est-ce qu'il fait ? répétait l'Anglais, stupéfait.

– Ce qu'il a à faire, répondit Jef en les recadrant d'une voix ferme. Allez, en route !

– Sans moi.

Les membres de la cordée se retournèrent, incrédules, vers celui qui avait parlé. Mallory se détachait déjà de la corde fixe, comme l'avait fait Aniruddha quelques minutes plus tôt. Ses gestes étaient brouillons, précipités. Jef le rejoignit en trois enjambées et, d'autorité, lui fit lever le menton et enlever le masque. Il voulait voir ses yeux. Il voulait être sûr que Mallory n'était pas en proie au délire, ni dans un état d'hypoxie trop avancée. Ce dernier, devinant la manœuvre, lui assura, droit dans les yeux :

– Je vais bien, Jef. Mais faut se rendre à l'évidence, on n'ira jamais au sommet dans ces conditions. Pas cette fois en tout cas. Et je déteste grimper pour rien… ou pour quelqu'un.

Son regard évita soigneusement celui de Mei Li qui baissa le sien. Elle voyait très bien ce qu'il voulait dire.

– Je descends. Je suis désolé.

Vassili l'attrapa par la nuque et l'attira contre lui, ému de voir partir celui qui était finalement devenu son plus proche ami au sein du groupe :

– Fais gaffe à toi, camarade.

Paola l'enlaça de même avant de détourner ses yeux humides ; elle avait fini par l'aimer, malgré tout.

– Si tu es sûr de toi… dépêche-toi, tu peux peut-être encore rejoindre Aniruddha, le pressa Jef qui voyait les nuages noircir à vue d'œil. Nous, on doit vite se remettre en route.

Mallory se raccrocha à la corde dans le sens de la descente et, avec un dernier salut, s'éloigna de ses coéquipiers avant de changer d'avis.

Jef reprit la tête du convoi dont il était désormais responsable. La cordée d'*Himalayan Walk*, réduite à quatre membres, se remit donc en marche dans un déni volontaire des éléments et de cette montagne qui semblait tout faire pour qu'ils désertent ses flancs. Mais Jef n'avait pas d'autre option que de continuer ; pour Mei Li et pour Sam, s'il était encore vivant.

***

– Comment ça, ils ne répondent pas ? Essaye encore, s'il te plaît Dawa.

Devant l'impuissance logique du docteur à lui ressouder les côtes, Alex ne s'était pas fait prier pour quitter l'infirmerie le plus vite possible.

Depuis qu'elle était descendue avec Mohinder, elle faisait l'aller-retour entre sa propre tente et celle où bossait Dawa pour suivre l'ascension. Sauf que depuis la veille au soir, l'agente logistique n'avait plus de nouvelles et la météo devenait de plus en plus exécrable.

Dawa soupira :

– J'ai appelé le PC pour qu'ils soient prêts à déclencher un sauvetage mais ils ne veulent pas envoyer d'hélico pour le moment ; le vent est toujours trop fort et on n'a pas de position exacte à leur communiquer. Pour eux, la prise de risque est trop élevée.

– On sait qu'ils ont au moins atteint le camp 3 où tu as eu Aniruddha pour la dernière fois, ils pourraient commencer par là.

Dawa secoua la tête :

– Ça reste trop haut pour la prise en charge en hélico. Ça serait du suicide. Avec ce vent, il faudrait qu'ils soient redescendus au camp 2 qui est relativement à plat mais on n'a aucun moyen de le leur faire savoir ou de savoir nous-mêmes leur position.

– Et un sauvetage terrestre ?

– J'ai essayé aussi de ce côté-là. Aucun sherpa ne veut monter. Le souvenir de la Puja ratée et ce qu'il se passe maintenant les confortent dans l'idée que cette expédition est… vouée à l'échec. Ashok est en train de revenir de Katmandou pour essayer de les raisonner mais on ne peut rien promettre.

Alex sortit de la tente, écrasée d'impuissance. Dawa la suivit et les deux femmes observèrent la débâcle orageuse qui restait maintenant figée sur la montagne, la noyant de lambeaux gris qui la tailladaient de part et d'autre comme mille couteaux aiguisés par le vent. Le talkie serré contre sa poitrine, l'agente logistique paraissait complètement dépassée par les événements.

– Donc on est obligés d'attendre sans rien faire ?

– Tant qu'on n'a pas de nouvelles ou que la tempête ne se calme pas, oui.

– Pas mal de gens ont arrêté de donner des nouvelles à un moment de leur vie. Ça s'appelle des disparus.

Le flegme mou de l'agente commençait à la crisper sérieusement. C'était elle qui avait merdé avec la météo, et elle le savait. Peut-être qu'interrompre une expédition pour laquelle un ministre s'était porté garant faisait tache ? Alex repoussa cette idée de toutes ses forces, même si celle-ci était plausible, terriblement plausible.

– Là ! s'écria Dawa en montrant du doigt le bas du glacier.

Des silhouettes avaient surgi d'entre les blocs de glace et se dirigeaient lentement vers le camp de base. Certaines personnes, portées par d'autres, avaient l'air mal en point. Alex alla à leur rencontre, aussi rapidement que le lui permettaient ses côtes au supplice. La douleur en urgence.

Elle déchanta très vite ; ce n'était pas son père, ni ses coéquipiers, mais une expédition suisse. Ils avaient fait demi-tour.

– Et à temps. Ça tournait à l'enfer, là-haut. On a échappé de peu à la lessiveuse… et encore, certains vont perdre leurs orteils, lui apprit l'un d'eux en désignant les boiteux de son équipe.

– Mais… vous avez vu l'expédition d'*Himalayan Walk* ? Ceux qui sont partis avant vous !

– Avant nous ? Il n'y avait personne, répondit le mec en fronçant des sourcils gelés.

– Bien sûr que si, insista Alex d'une voix rendue aiguë par la panique qui lui vrillait le ventre.

Son interlocuteur appela son chef d'expédition qui confirma :

– Ceux de l'*Himalayan*, oui, je vois. Ils avaient pas mal d'avance sur nous, on a dû faire demi-tour avant de les voir. Mais ça doit barder pour eux, là-haut. J'espère qu'ils sont en train de descendre… s'ils le peuvent encore, ajouta le guide avec un air sentencieux qu'Alex détesta sur-le-champ.

– Mon père est là-haut ! précisa-t-elle, rendue hargneuse par la mimique navrée du guide qui tourna les talons dans une fuite en avant.

Elle le suivit à contrecœur pour retourner au camp.

Là, au beau milieu du désordre d'alpinistes qui s'agitaient de tente en tente, faisant courir le bruit qu'une équipe était restée bloquée dans la tempête, Gotam se tenait droit et immobile. La mine sombre, il fixait, tel un rapace à l'affût, leurs invisibles perdus dans le brouillard. Alex fut soulagée de le voir ici ; elle n'était plus seule.

– Dawa dit que pour l'instant les secours sont impuissants. Elle dit que partir les aider serait du suicide.

Gotam eut un rictus douloureux.

– Des secours serviraient peut-être pour ton père et les autres, mais pour Aniruddha, c'est déjà trop tard.

– Pourquoi tu dis ça ? interrogea Alex, interdite.

– Je connais mon frère. S'il était vivant, il répondrait. Je sens qu'il n'est plus là.

Gotam avait annoncé la terrible nouvelle avec un calme déroutant. Seul son corps trahissait son malheur ; il se grattait le poignet du pouce dans un réflexe répétitif qui, bientôt, fit jaillir du sang. Sans réfléchir, Alex posa sa main sur la blessure et Gotam baissa les yeux, surpris par la chaleur de leurs peaux mêlées. Il rabaissa vivement sa manche. Il s'était oublié.

– Pour les secours, je connais quelqu'un.

– Qui ? réagit vivement Alex.

– Nick Pettrow. Un pilote. Suicidaire.

***

– On y est ! Regardez, juste au-dessus !

La voix de Paola ruissela en soulagement sur les épaules de ses compagnons en lutte contre les éléments déchaînés. La visibilité était quasi nulle et Jef, concentré à faire la trace, n'avait pas vu apparaître les taches jaunes des tentes du camp 4 à une dizaine de mètres sur leur gauche. Il se détacha de la corde et attendit Paola qui finissait de tirer Mei Li, accrochée au piolet qu'elle laissait en traîne. La Canadienne montrait des signes de tétanie, et il fallut détacher ses mains restées crispées sur le manche. Il prit le relais de Paola et offrit son épaule en soutien à Mei Li sur les derniers mètres.

Vassili fermait la marche. Depuis le départ de Mallory, il n'avait pas prononcé un seul mot, tout occupé à gérer la toux qui le secouait maintenant en continu. Jef n'aimait pas cette toux, mais il devait en priorité s'occuper de la Canadienne qui tremblait tout contre lui.

– C'est pas vrai !?

Du camp, il ne restait que quelques toiles déchirées battant au vent, seulement retenues par des vis à glace, ici et là. Une couverture de déchets s'étendait sur une vingtaine de mètres, tapissant le terrain mixte fait de neige et de roches noires. Le camp 4, situé juste en dessous du col sud de l'Everest, était ouvert à tous les vents. À ceux qui descendaient du Lhoste, sur leur droite, ceux qui dévalaient l'Everest, sur leur gauche, et ceux du Tibet, qui déboulaient de derrière l'épaulement leur faisant face. La promesse d'un repos au chaud s'était salement évanouie, pour laisser place à la désolation la plus totale. Ils étaient à 7 950 mètres. Dans la zone de la mort.

Jef marcha en long en large et en travers au milieu de ce qui ressemblait à un champ d'après la bataille. Il appela Sam, encore et encore, mais le sherpa avait tout bonnement disparu et, avec lui, l'espoir de communiquer avec Dawa. Le guide s'accroupit pour réfléchir, tant bien que mal. À quelques mètres de là, Paola lui parlait sans qu'il puisse fixer les mots dans son cerveau à moitié asphyxié. Ses pensées déboulaient en vrac et il n'arrivait pas à faire le tri dans les priorités. Devait-il continuer à chercher Sam ? Où était le sommet, dans cette putain de tempête ? Dorje, ils avaient perdu Dorje. Le sherpa reposerait sur cette même putain de montagne que son frère Pasang, une famille décimée pour des gens comme lui. Où était donc passé Aniruddha ? La nuit allait tomber sans lui ; ils allaient devoir dormir dehors. Et Alex, son Alex, il fallait qu'il redescende maintenant pour la retrouver, il n'avait plus de temps à perdre… il devait partir d'ici… mais Paola, il ne pouvait pas abandonner Paola…

Le visage chéri de l'Italienne fit irruption au milieu de ce marasme et il reçut une bonne claque, bien cinglante, suivie d'un baiser de ses lèvres glacées.

– Merci, articula-t-il, la bouche sèche, en reprenant ses esprits.

Les tentes avaient été montées avant que la tempête ne les arrache, ils pouvaient donc avoir la certitude que les sherpas étaient montés jusqu'ici. Que s'était-il donc passé ? Sam avait-il dévissé en même temps que Dorje ? Était-il tombé dans une crevasse ? Pour Jef, c'était la seule explication plausible ; la pire, aussi.

Vassili, qui s'était assis à même la neige dans une lassitude presque enfantine, contemplait le camp dévasté. Jef s'empressa de le relever avant qu'il ne gèle sur place :

– Sors ta pelle, on va creuser une cavité dans la moraine pour s'abriter un maximum ; ça va nous réchauffer.

Pendant ce temps-là, Paola avait tiré Mei Li sur une toile de tente moins déchirée que les autres pour l'isoler du sol glacé. La Canadienne était pâle à faire peur et ne communiquait plus que par gémissements. Paola se précipita vers une caisse en fer à moitié couverte de neige et, l'ouverture étant gelée, la fit sauter d'un grand coup de pied rageur.

– Elles sont là ! Et il y a de la bouffe aussi !

Elle fourra des barres énergétiques dans ses poches, s'empara d'une bouteille d'oxygène et se dépêcha d'en équiper Mei Li dont les paupières papillonnaient d'épuisement. Elle ferma les yeux en oscillant la tête, reconnaissante.

– Respire ma belle, ça va aller maintenant dit Paola avant de vérifier la jauge.

Jef la vit froncer des sourcils, malgré son masque :

– *Cazzo*, elle est presque vide !

– Celle-ci est complètement vide ! cria Vassili, à genoux devant une autre bouteille qu'il avait prise pour lui dans la caisse, dans l'espoir de calmer sa toux.

Jef, pris d'un doute atroce, alla vérifier le stock apporté par les sherpas : toutes les bouteilles étaient vides. Ils ne survivraient pas sans oxygène. Pas ici.

Il se pencha vers Paola, dont les jambes servaient de rehausseur de fortune pour Mei Li et lui murmura :

– On doit descendre. On n'a pas le choix.

– On ne peut pas, répondit Paola en désignant Mei Li, qui s'était mise à respirer par saccades, pas avec elle dans cet état.

Jef souleva délicatement Mei Li par les aisselles pour la tirer dans le trou qu'il avait creusé avec Vassili. Il l'enveloppa dans son duvet et l'installa le plus confortablement possible. Puis ils s'allongèrent les uns contre les autres, tentant de se réchauffer de leurs corps. Ils grignotèrent des barres en s'efforçant de maîtriser leurs mâchoires qui claquaient toutes seules. Mei tremblait sans plus pouvoir s'arrêter. Paola la prit dans ses bras et lui frictionna la poitrine en lui murmurant un peu de chaleur tout contre l'oreille. Chaleur humaine. Ils n'avaient plus que ça dans ce monde de glace. Peu de temps après, Vassili prit le relais pour réchauffer Mei Li et Paola se blottit contre Jef. Sa bouche s'étira en un sourire sarcastique :

– C'est foutu pour le sommet, hein ?

– Ça me paraît compromis, dit-il en lui embrassant les paupières, faisant fondre le mascara de glace qui s'était formé sur ses cils.

Le souffle de Paola sur sa joue devint plus profond. Elle s'était endormie ; tout comme Vassili et Mei Li, enlacés près d'eux.

Jef ferma les yeux, avant de les rouvrir aussitôt. Non, il ne devait pas dormir, il fallait quelqu'un pour guetter Aniruddha, quelqu'un pour l'accueillir... quelqu'un pour...

Ce fut la décharge de son cœur qui se sentait mourir qui le réveilla. Il se redressa sur son séant, hagard et asséché. Le ciel, en rabat-joie, était toujours bouché et la température devait avoisiner les – 40 degrés.

Son mouvement réveilla Paola qui se mit à gémir, complètement ankylosée. Jef se détacha d'elle le plus doucement possible. La circulation de son sang commençait à se rétablir dans ses membres pétrifiés de froid et il s'empêcha de hurler. Ça faisait un foutu mal de chien. Il palpa ses cuisses douloureuses. Au moins, il les sentait. Du coin de l'œil, il vit Paola faire de même puis se figer tout à fait :

– Jef, Jef, regarde Mei Li, murmura-t-elle d'une voix étranglée.

La Canadienne, dont le masque avait glissé, semblait les fixer. Les pupilles couvertes d'une fine pellicule de givre, la bouche encore ouverte du dernier râle qu'elle avait expiré. Vassili, dans le sommeil de ses bras, serrait le cadavre déjà froid de celle qu'ils avaient voulu sauver.

IN EXTREMIS

Sur le trajet qui les menait chez Nick Pettrow, à Gorak Shep, Gotam raconta à Alex que le pilote avait exercé comme sauveteur en se mettant au service des agences d'expéditions et de leurs coordinateurs-secours. Pendant trente-cinq ans, il s'était taillé une réputation de fou des manettes, tentant des sauvetages que d'aucuns jugeaient impossibles – ou suicidaires. Taux de réussite à son actif : 100 %.

Aujourd'hui à la retraite, il effectuait parfois des vols pour le compte d'alpinistes aisés qu'il déposait directement sur les camps de base des différents 8 000, leur épargnant les longues marches d'approche. Ce n'était pas pour arrondir ses fins de mois ; tantôt pataud sur terre, tantôt vivant en l'air, Nick adorait voler.

Il avait ça dans le sang. C'est lui qu'il leur fallait.

Alex s'appuya d'une main contre la porte du hangar où habitait le pilote, coupée en deux par ses côtes qui la rappelait à l'ordre. Gotam tapa du poing sur la tôle qui résonna dans un bruit d'enfer :

– Nick !

– Tu es sûr qu'il est là ?

– Il est toujours là, affirma Gotam en cognant une deuxième fois. C'est juste que jamais personne ne se risque à venir ici. Il a son caractère.

Un grognement, de l'autre côté du battant, fit reculer Alex d'instinct, et la porte s'entrouvrit en raclant le sol :

– Quoi ?

Avec un air qui signifiait : « Qu'est-ce que je te disais ? », Gotam bloqua la porte du pied.

– Nick, c'est Gotam, dit-il d'une voix forte.

– Ah !

La porte s'ouvrit alors tout à fait et Alex aperçut le fameux Nick. De toute évidence, le pilote n'avait pas vu la lumière du jour depuis perpète. Des taches de gras constellaient son tee-shirt US Army trop petit, laissant apparaître un ventre de gros buveur. Une vieille casquette de base-ball dépassait d'une crinière de fauve qui tombait dru sur ses épaules épaisses.

– C'est Aniruddha, il…

– Je sais, le coupa Nick en sortant une radio de sa poche de jean troué. C'est ça qui m'a réveillé.

L'ancien pilote s'effaça pour les laisser entrer, puis, après avoir jaugé d'un œil connaisseur le ciel et la girouette en forme d'ours qui s'affolait au-dessus du bâtiment, il referma la lourde porte sur eux.

Au bout de quelques secondes, les yeux d'Alex s'habituèrent à la pénombre du lieu. Deux minuscules fenêtres aménagées dans la tôle à dix mètres du sol éclairaient un énorme tas d'objets en tout genre regroupés en vrac dans un coin : réfrigérateurs, canapés sans pieds, matelas élimés et ferrailles indistinctes qui sentaient la vieille poussière.

Sur une table chargée d'outils, un moteur de voiture à moitié démonté attendait d'être réparé, et au beau milieu du hangar, les pales soigneusement enveloppées dans des fourreaux de tissu, l'hélicoptère de Nick Pettrow.

Après leur avoir proposé des gâteaux moisis qu'ils refusèrent tous les deux, le pilote leur expliqua :

– J'ai gardé ma vieille radio du temps où j'étais secouriste ; ça occupe mes journées de suivre ce qu'il se passe dans la vallée. Sauf que j'aurais préféré entendre un autre prénom que celui de ton frère, ce matin.

– Il y a aussi son père dans l'équipe, l'informa Gotam en désignant Alex, c'est pour ça qu'on est là.

Nick se gratta la tête :

– La vraie question, c'est pourquoi sont-ils montés alors que ce vent pourri était prévu depuis un bon moment ?

– *A priori*, il devait se calmer. En tout cas, c'est ce que Dawa nous a dit avant qu'on parte, intervint Alex qui n'avait pas encore ouvert la bouche.

– *A priori* est un terme que je déplore dans le vocable météorologique, leur fit remarquer Nick, je ne connais pas cette Dawa mais son postulat de départ est à chier.

– Ça nous faisait partir les premiers sur la montagne… bégaya Alex, qui sentit en le disant que la nouvelle donne raturait l'argument.

– Et une belle jambe, répondit Nick du tac au tac.

– Tu nous aiderais, Nick ?

Le pilote dévisagea Gotam. Du plus loin qu'il se souvienne, ce garçon étrange et secret l'avait toujours intrigué et si Aniruddha était solaire et chaleureux, Gotam portait en lui la lune et le poids des astres morts. La fille à ses côtés agissait en miroir tant elle semblait capter et absorber les rayons noirs qui émanaient de son ombre. Si Gotam était venu à lui aujourd'hui, ce n'était pas tant pour lui que pour elle. Contrairement à ce qu'exprimaient ses traits impassibles, le corps entier du garçon penchait vers elle, comme un cèdre cherche le soleil. Les deux jeunes gens, sans le savoir, partageaient le même feu au fond de leurs yeux tournés vers lui.

– Laissez-moi une heure. Faut que je démonte les portes et les sièges pour alléger la machine.

***

Jef avait emporté le corps de Mei Li à l'écart du camp 4, sous un promontoire rocheux. Il avait déroulé son duvet sur elle, cachant ses yeux impossibles à fermer et avait rejoint ses deux derniers compagnons, restés dans l'abri. Ils souffraient tous les trois de déshydratation – les poches d'eau avaient été vidées depuis belle lurette et l'eau des bidons apportés par Sam, Dorje et leurs collègues deux semaines auparavant, avait gelé. Jef avait bien fait fondre au réchaud quelques morceaux de glace cassés à l'aide de sa pioche mais le gaz avait fini par manquer. Ils se retrouvaient à sucer de la neige qui leur meurtrissait la langue et l'intérieur des joues en les glaçant davantage.

Paola, en essayant de faire quelques pas pour se réchauffer s'était vite rendu compte qu'elle avait des engelures aux mains et aux pieds et Jef avait dû retourner chercher les gants de Mei Li, qui n'en aurait plus besoin, pour doubler l'épaisseur. Lui-même, malgré le *Buff* censé le protéger, sentait son nez déjà mort et Paola lui confirma qu'il était devenu blanc.

Jef s'était fait douloureusement à l'idée qu'Aniruddha ne reviendrait pas, tout en étant certain qu'il était arrivé quelque chose à son ami. Le guide ne les aurait jamais abandonnés. Pas comme ça. Mais il n'y avait plus de temps à perdre ; la mort de Mei Li les libérait de l'obligation de rester là, à pourrir sur place, et ils devaient redescendre avant que les engelures de Paola ne s'aggravent jusqu'à l'empêcher de marcher.

Alors que Jef commençait à préparer leurs maigres affaires, la voix de Vassili, rendue rauque par l'économie de paroles, grommela des mots en russe que le guide français ne comprit pas. Le médecin observait ses gants dans lesquels il venait de tousser une millième fois :

– C'est pas bon, ça. Pas bon du tout.

Il venait de cracher du sang.

Paola s'approcha de leur équipier qui se laissa faire, et ouvrit sa combinaison pour soulever son pull. Une tache brunâtre s'étalait en large sur son torse.

– Œdème pulmonaire, diagnostiqua Vassili. Je vais vous laisser partir devant.

– Hors de question ! s'écria Paola en rabaissant le pull comme si elle voulait effacer l'hématome, on ne te laisse pas ici ! Allez, lève-toi, lève-toi !

L'Italienne craquait, accrochée à Vassili qui caressait ses joues inondées de larmes.

– Du courage ma belle. Du courage.

Jef interpréta le regard que Vassili lui lança par-dessus l'épaule de leur amie. Il voulait qu'ils partent vite. Avant qu'il ne se mette à délirer ou à perdre la raison. Car c'est ce qui l'attendait. Ça, et la mort en suivant.

Paola donna un dernier baiser sur sa joue mal rasée avant de se détacher à regret de leur compagnon. Jef s'approchait pour l'étreindre brièvement à son tour quand Vassili lui glissa à l'oreille :

– Personne ne m'attend en Russie, j'aimerais rester ici, OK ?

Jef acquiesça, la gorge nouée. Il avait aidé Vassili à creuser sa propre tombe.

***

Lorsque Nick déposa Alex et Gotam sur l'héliport du camp de base, il leur confia un talkie :

– Canal 2. On reste en contact. Le vent va faiblir dans l'heure qui arrive avant de se renforcer de nouveau ; faut que je me magne.

Alex débordait de reconnaissance envers cet homme qu'elle ne connaissait pas le matin même. Elle le regarda sauter dans son cockpit et le trouva classe dans sa vieille tenue de pilote, revêtue pour l'occasion.

– Merci Nick. Merci pour mon père.

Le pilote lui fit un pouce en l'air en démarrant le moteur.

Tandis que l'hélicoptère s'éloignait à toute allure en direction de la combe ouest, le nez penché en avant comme pour bouffer les nuages, Gotam lui affirma :

– Il va y arriver. C'est le meilleur de tous.

– C'est surtout le seul.

***

Ils descendaient maintenant depuis une bonne heure. Jef soutenait Paola qui avait de plus en plus de mal à avancer, grognant de douleur à chaque fois qu'elle posait un pied par terre. Mais elle serrait les dents, sachant les plaintes inutiles. Lui souffrait d'une soif dévorante que la neige n'étanchait plus. Ils avaient bien essayé d'en mettre dans leurs gourdes et de placer celles-ci dans leur combinaison contre leurs poitrines encore chaudes mais la manœuvre les avait surtout glacés de l'intérieur. Et les quelques gouttes ainsi obtenues n'en valaient pas la peine.

Soudain, un son inhabituel leur fit relever vivement la tête. À travers le bruit du vent, des claquements répétés semblaient se rapprocher. Jef ne voulait pas y croire, ce n'était pas possible…

– Un hélico ! Jef, c'est un hélicoptère ! Pour nous !

Ainsi, ce n'était pas son cerveau qui délirait ; Paola l'avait entendu aussi. Il eut envie de pleurer de soulagement : il allait revoir sa fille, son Alex. Ils étaient sauvés.

***

– *Alex, Gotam ! J'ai une personne en visuel ! Ça fait des signes. Au niveau du camp 1.*

– *Comment est-elle habillée ? La couleur de la combinaison ?*

– *Jaune !*

Gotam interrogea Alex du regard :

– C'est Mallory ! lui dit-elle en aparté avant de rappuyer sur le bouton de communication :

– *Il n'y a personne avec lui ? Il est seul ?*

– *On dirait bien ! En tout cas il avance. Je remonte la voie normale. Je continue de quadriller la zone pour chercher les autres. Ça souffle fort. Je peux pas rester longtemps.*

L'inquiétude d'Alex remonta en flèche : pourquoi Mallory n'était pas avec les autres ? La cordée s'était-elle séparée ? Pourquoi ? Comment ? Mallory leur apporterait quelques réponses à son arrivée, après sa traversée du Khumbu. Il avait l'air tiré d'affaire.

Le talkie grésilla dans la main d'Alex qui remonta le son à fond pour entendre :

– *J'en ai deux autres. Combinaisons rouges.*

Alex inspira un grand coup. Jef et Paola. Ils étaient vivants. Elle croisa le regard de Gotam et reprit le talkie :

– *Nick, c'est… c'est tout ? Personne d'autre ?*

– *Négatif, je n'ai que ces deux-là dans le secteur. Ils sont très hauts, en dessous du camp 4. Je me rapproche.*

Aniruddha faisait partie des disparus, avec Vassili et Mei Li. Avant qu'elle ne puisse réagir, Gotam s'éloigna de quelques pas, le dos courbé par le poids de sa perte. Il avait besoin d'être seul.

***

Jef soutenait Paola qui ne pouvait quasiment plus marcher sur ses pieds gelés. Ils s'étaient arrêtés pour regarder l'hélicoptère tenter de se stabiliser non loin au-dessus d'eux, sur la gauche. Le pilote semblait se démener pour résister aux bourrasques qui repoussaient l'appareil loin de la paroi. Jef entendait le moteur en lutte rugir à chaque envolée. Mais le pilote revenait, encore et encore, pour tenter de se stabiliser à leur hauteur. On aurait dit un cavalier essayant de maîtriser une monture devenue folle. Jef le vit leur faire des grands signes : ils devaient se rapprocher, eux. Il aperçut le filin lesté qui commençait à se dérouler sous le cockpit : ils allaient devoir s'y attacher pour un hélitreuillage.

Parcourir les cinquante mètres qui les séparaient de l'hélico lui paraissait impossible. Paola n'était plus en état d'avancer et elle hurla de douleur quand Jef la détacha de la corde fixe pour la tirer vers la zone choisie par le pilote. Il était lui-même à bout de forces ; mais lorsque se présente le choix entre vivre ou mourir, que les visages aimés de ceux restés en bas se calquent en surbrillance sur ce cauchemar éveillé, le peu de forces en stock s'aligne sur le mental qui persiste et signe pour la vie.

Enhardi par les tentatives obstinées du pilote prodige qui arrivait malgré tout à revenir à la charge, il rassembla toute sa rage et souleva Paola dans un hurlement de bête blessée.

– Accroche-toi ! Allez, allez, allez, on y est presque !

– Ce pilote est complètement fou !

– C'est exactement ce qu'il nous faut ! On dégage !

Le pilote avait réussi un coup de maître en stabilisant son hélico quasiment à la perpendiculaire de la paroi. Les pales rasaient la neige qui fuyait vers eux, les aveuglant dans leur approche. Jef savait qu'ils n'avaient que quelques secondes pour s'attacher, l'homme aux commandes ne pouvait pas rester indéfiniment dans cette position qui défiait les lois de la physique. Alors qu'ils arrivaient aux abords de l'appareil, le pilote leur fit un signe : une seule personne à la fois.

– Tu montes d'abord ! hurla Jef en déchargeant Paola au sol avant de l'empoigner par son baudrier pour la relier au câble.

– Attends !

– C'est moi qui t'attends, t'as pas le choix, lui dit-il à l'oreille pour se faire entendre malgré le bruit insupportable du rotor.

Paola l'attira par sa combinaison pour l'embrasser avec tout ce qui restait d'elle, les yeux remplis de larmes des joies futures, celles qu'ils vivraient à deux quand ils seraient en bas de cette putain de montagne.

– Allez !

Après avoir fait signe au pilote que sa compagne était bien accrochée et qu'il pouvait redécoller, Jef s'éloigna le plus vite possible, courbé en deux sous la violence des vents déchaînés par le souffle de l'hélicoptère et de l'Everest réunis.

Et tout bascula en une fraction de seconde, lorsqu'une bourrasque plus forte que toutes les autres entraîna une perte subite de portance qui fit violemment plonger le nez de la machine alors en train de s'élever. Dessous, Paola se ramassa le plus possible contre la paroi, comme pour s'y enfoncer puis disparaître.

Jef n'eut que le temps de détourner ses yeux quand les pales en furie se rapprochèrent de son dos. Mais ses mains, collées en réflexe de part et d'autre de sa tête ne purent camoufler l'atroce hurlement de sa compagne jusqu'à ce qu'il s'interrompe, dans l'air tranché.

***

Toute l'attention de la centaine de personnes présente sur le camp de base était désormais focalisée sur l'incroyable manœuvre de sauvetage qui avait lieu sur l'Everest. Personne ne voulait croire qu'un pilote aussi chevronné que Nick Pettrow prenne autant de risques. Alex avait l'intérieur des joues en sang, le talkie comme greffé à sa paume n'avait pas émis depuis que Nick avait annoncé qu'il mettait le treuil en marche. Elle avait la rétine usée par les jumelles au travers desquelles elle suivait le point noir de l'hélico sur le fond blanc du Lhotse.

Puis soudain, plus rien.

L'appareil s'était comme fondu dans la paroi. Autour d'elle, des murmures horrifiés s'élevèrent dans des langues qu'elle ne connaissait pas. Des doigts pointèrent une gerbe de neige et de glace, un champignon atomique sans guerre ni patrie qui balayait dans son souffle l'impossible espérance.

Après quelques secondes d'incertitude qui la laissèrent paralysée, l'explosion parvint enfin jusqu'à ses oreilles dans une déflagration des sens.

Au fond de ses yeux grands ouverts, des volutes noires s'étaient mises à danser, accompagné du soleil que plus personne n'attendait.

L'hélicoptère s'était crashé.

***

Tu ne m'en voudras pas, de rester là.

Tu penses bien que si je le pouvais, je redescendrais en planant pour te serrer dans mes bras. Pour te raconter comment c'est, ici.

Le sommet est juste là. Je le vois d'aussi près que je te vois toi, dessinée sur le ciel.
Tu avais raison. Il est beau, malgré tout.
Peut-être que ça valait le coup, je ne sais pas.
Je ne sais plus grand-chose.
Je commence à rêver, j'ai chaud et froid.
Je te vois Alex, tu es avec moi.
Tu ne m'en voudras pas.
Si je reste là.

DEUXIÈME PARTIE

À l'heure du dégel

GLOBAL WARMING

– On a toujours aménagé les montagnes. On a commencé par dynamiter la roche pour créer des routes ou des tunnels et ainsi mettre fin à l'isolement d'une partie de la population. Par là même, la montagne est devenue plus accessible donc on a installé des téléphériques, on a tracé des pistes de ski, et on a construit des hôtels pour recevoir les touristes qui s'ennuyaient sur les plages, une dynamique économique bienvenue qui créait des emplois pour les montagnards qui, auparavant, n'avaient pas d'autres choix que de devenir éleveurs, bergers, ou redescendre dans les vallées.

C'est ensuite, quand la logique capitaliste a débarqué, qu'on a commencé à merder. La dernière idée en date, c'est d'éventrer le glacier de la Grave à la pelleteuse pour prolonger le téléphérique déjà existant et ainsi agrandir le domaine skiable qui sera principalement équipé d'une neige artificielle demandant 4 000 m^3 d'eau par hectare. Une eau que l'on va chercher dans des retenues collinaires, artificielles elles aussi, et qui, comme leur nom l'indique, ont été creusées dans la montagne. Ici, vous avez des lacs glaciaires qui vont finir par déborder à cause du réchauffement climatique et du potentiel sismique élevé de la région et nous, en France, on va se créer nous-mêmes le problème. Ce n'est qu'une question de temps.

Aujourd'hui, l'humain veut aller partout, surtout là où on ne l'attend pas. Il reste très peu de zones blanches, ces endroits non pollués par l'activité humaine, en France et dans le monde. Même la Lune, on l'a pourrie, et Mars est en attente de…

Alex fut interrompue par un ronflement sonore à faire trembler les murs. Surprise mais sans plus dans ce genre de situation, elle ne mit pas longtemps à en repérer la source, assise juste devant elle. Sur l'un des sièges réservés aux officiels.

Comme par hasard…

L'homme, qui s'était réveillé lui-même, adressa un petit signe à ses voisins, gauche, droite, pardon-pardon, et avant qu'Alex n'ait pu anticiper le petit sourire de circonstance qui viendrait accueillir ses excuses à elle, le bonhomme redressa sa carcasse d'obèse dans son fauteuil de velours, essuya son front ruisselant avec sa cravate moche et sortit son téléphone portable.

Ce n'était pas qu'une impression : il n'en avait littéralement rien à foutre.

Elle repoussa la rage qui montait et continua sur sa lancée, décidant d'ignorer le fat :

– Comme vous le savez peut-être, la libéralisation de l'ascension de l'Everest par les autorités népalaises au début des années 1990 a engendré une multiplication des expéditions commerciales, ce qui a logiquement fait augmenter le nombre de grimpeurs sur les flancs de la montagne. Mais au lieu d'appréhender les dangers, les difficultés et les efforts à fournir comme une sorte de sélection naturelle, on a fait ce que l'on savait faire : aménager les 8 000 pour faciliter les ascensions. Le résultat ? Vous le connaissez mieux que quiconque : la ruée en masse vers vos sommets de « consommateurs de montagne » qui ne maîtrisent pas les techniques de l'alpinisme et en ignorent parfois jusqu'aux rudiments.

Dans la salle, des murmures d'assentiment s'élevèrent ici et là. Alex croisa le regard de l'obèse qui avait rangé son téléphone et la fixait derrière ses paupières plissées, crapaud à l'affût. Bien.

– Jusqu'à aujourd'hui, pour grimper sur l'Everest, il était nécessaire de payer un permis d'ascension à 11 000 dollars, de fournir un certificat de bonne santé, un passeport, et de rédiger une petite biographie. Simple comme bonjour, quand on a le porte-monnaie qui suit ou les bons sponsors. La surfréquentation est en partie due à la facilité avec laquelle il est possible d'obtenir un permis, en parallèle des agences peu regardantes sur les aptitudes réelles de leurs riches clients. Récemment, le nombre de ces permis délivrés par l'État népalais a battu un record historique, soit quatre cent soixante-dix-huit pour la saison. À cela, il faut rajouter les quelque neuf cents sherpas qui accompagnent les expéditions et je vous laisse calculer le nombre de personnes à fouler les pentes de l'Everest durant la haute saison. Haute saison qui, je vous le rappelle, dure deux mois. Deux mois pendant lesquels les fenêtres météorologiques favorables aux ascensions sont parfois réduites à une seule petite semaine. D'où les photos d'embouteillages visibles là-haut, et véhiculées sur les réseaux sociaux.

Pour vous donner un ordre d'idée, le gouvernement tibétain, autrement dit la douane chinoise du versant nord de l'Everest, a fixé la limite à cent cinquante permis par an.

Dernièrement, et parce qu'il n'y a pas que des mauvaises nouvelles, la Cour suprême du Népal a décidé de prendre des mesures en ordonnant au gouvernement d'augmenter le coût du permis à 15 000 dollars et d'en limiter le nombre délivré chaque année. J'aurais aimé vous donner le nouveau quota décidé en haut lieu mais le rapport établi n'a pas été rendu public à ce jour.

À voir si, hormis remplir un peu plus les poches de l'État, cette augmentation de 4 000 dollars aura un effet dissuasif sur des clients qui sont prêts à dépenser entre 41 000 et 1,5 million de dollars pour une expédition. Croyez bien que j'en doute. Vous le savez, le Népal est pauvre et l'Everest est la seule attraction du pays. Si l'on s'intéresse davantage aux chiffres, il faut savoir que le business du Toit du Monde rapporte en moyenne 5 millions de dollars par an à l'État. Difficile de cracher dans la soupe de la marchandisation, n'est-ce pas ?

Personne ne moufta et le gros costume paraissait maintenant s'étouffer dans son triple menton. Alex retroussa les lèvres ; elle en avait terminé avec le topo général et arrivait maintenant au cœur de son sujet.

– Mon expédition servira à évaluer la fonte du glacier du Khumbu. Je vais grimper pour effectuer les relevés des deux stations météorologiques qui ont été récemment installées au camp 2 et sur le col sud afin de mesurer l'impact du dérèglement climatique sur le glacier provoqué, entre autres, par la pollution. Les premiers résultats sont confondants : le réchauffement climatique a causé sur le col sud la perte de 55 mètres de glace qui avaient mis deux mille ans à se constituer. Aujourd'hui, le manteau neigeux qui protégeait le glacier du rayonnement solaire est en train de disparaître, victime des émissions de milliers de tonnes de cendres de charbon dans l'air, générées par l'Inde et la Chine, les deux plus gros utilisateurs de ce régime énergétique au monde. Les suies et les microparticules de charbon qui viennent se déposer sur les glaciers himalayens provoquent le phénomène que l'on appelle glace noire. Cette dernière appauvrit la réflexivité du soleil, ce qui accentue et accélère la fonte. En conséquence, d'ici quelques années, le glacier du col sud aura totalement disparu, ce qui provoquera un assèchement des sources dont dépendent 1,6 milliard de personnes qui ne pourront plus s'abreuver, irriguer leurs champs ou se fournir en électricité. L'Himalaya étant la troisième réserve d'eau au monde, je ne peux, à mon niveau, que rendre compte de la vitesse à laquelle l'humanité va droit dans le mur. On ne passera pas le siècle, néanmoins, merci de m'avoir écoutée.

L'assemblée réunie dans le grand amphithéâtre de l'université de Tribhuvan commença à se lever dans un bruissement de fin de classe, se déversant en fuite de la grande salle par les portes sourdines situées sous l'impressionnant balcon, vide, celui-ci. Une vingtaine d'étudiants, professeurs et scientifiques avaient assisté à la conférence organisée conjointement par l'Institut des géosciences de l'environnement de Grenoble et l'International Center for Integrated Moutain Development de Katmandou. Autrement dit, personne.

Alex était en train de ranger ses fiches quand elle remarqua que le bonhomme du premier rang gueulait avec véhémence sur le directeur français de l'institut, M. Barbrot, qui lorgnait ses pompes à glands en plaquant nerveusement ses cheveux gominés. Le cravaté la montra du doigt, tout en continuant de pourrir celui à qui elle devait sa venue ici. C'était quoi, son problème, à Ronflon ? Elle zieuta les coulisses, il y avait forcément une sortie de secours… Oh et puis merde ! Si la marche du monde n'allait pas dans son sens à lui, ce n'était pas son problème. Elle n'avait rien à se reprocher, si ce n'est d'avoir accepté d'intervenir, sur la demande du directeur qui profitait de l'avoir sous la main pour participer à une conférence dont tout le monde se foutait.

Elle arrêta de faire semblant de classer des papiers dont elle n'aurait plus besoin de toute façon et rejoignit les deux hommes, prête à prendre cher, mais surtout à se défendre. Encore fallait-il savoir contre quoi…

– Alex, je vous présente le nouvellement nommé ministre du Tourisme népalais, M. Sada, l'introduisit Barbrot dans une courbette.

… ou contre qui. *Merde. Ça y est.* Elle pigeait. Et elle n'était pas enchantée.

– Enchantée.

– Pas moi.

Balle au centre.

– Votre intervention était peuplée d'inepties, mademoiselle Vincent. Et vos chiffres sont bidon !

– Je ne crois pas, j'ai vérifié deux fois, glissa Alex en s'empêchant de sourire.

– Conneries ! Vous montez la tête des gens avec vos scénarios catastrophes, personne n'a envie de savoir.

– Et c'est bien le problème principal : le déni. Et après vous, le déluge ! Je ne fais que rendre compte de ce qu'il se passe et de ce qu'il va arriver.

– Des mesures ont été mises en place en ce qui concerne l'Everest et…

Alex n'attendait que ça pour lui balancer l'estoc :

– Des mesures auxquelles, il me semble que, vous vous êtes personnellement opposé il y a quelques mois, monsieur Sada. Et la Cour suprême, bien qu'ultime décisionnaire sur ce dossier, s'est trouvée à deux doigts de faire marche arrière. Comme je le disais, certains chiffres n'ont pas été encore divulgués, comme s'il était besoin de les réarranger à la sauce de quelques-uns. Forcément, ça pose question.

– Vous m'accusez de corruption, mademoiselle Vincent ?!

Le ton mielleux, chargé de menaces, alluma un voyant rouge dans le cerveau d'Alex qui n'en pensait pas moins mais se força à redescendre en température. Le regard désespéré de Barbrot lui rappela que le ministre était tout à fait capable d'annuler son expédition. Tout à sa hargne, elle avait zappé ce détail… Il était dans son intérêt qu'elle le brosse dans le sens du gras. Pour l'instant en tout cas. Elle se fit une voix douce et soumise qui ne lui allait pas et décida de calmer le jeu :

– Pas le moins du monde, monsieur Sada. Je me doute que vous et vos compatriotes faites au mieux face aux conséquences multifactorielles engendrées par la crise climatique dont tout le monde est à la fois victime et coupable. Vous avez la malchance d'être coincés entre l'Inde et la Chine dont les émissions ultra-polluantes se déposent sur *vos* montagnes et ça, vous n'y pouvez rien. Je me doute que la situation est plus complexe qu'il n'y paraît et…

– Je vois que vous pouvez faire preuve de nuances, quand vous voulez.

Le ton était glacial mais le politicien avait retrouvé son air suffisant, aussi, elle lui laissa le dernier mot. Elle garda le visage baissé et évita son regard, de peur d'être coupable d'une combustion spontanée qui ruinerait tous ses efforts. Le bouledogue, satisfait de ce qu'il voyait, se tournait déjà vers la sortie en claquant la langue :

– Y aurait-il quelque chose à boire dans cette tôle ?

Barbrot, qui s'était déjà projeté mettre la clé sous la porte de son institut et s'enfuir avec ce qu'il lui restait de glands à ses chaussures, entrevit l'occasion de rattraper le coup avec ce pour quoi le ministre était venu :

– L'apéritif est donné dans le hall, Monsieur le ministre, je vous suis.

Joignant le geste à la parole, le directeur caressa l'air du dos de Sada qui s'éloignait déjà à grandes enjambées avant de se retourner vers Alex en grinçant de ses dents trop alignées pour être vraies :

– Vous vous êtes mise dans un beau pétrin ! Vous n'avez donc pas appris à mentir ? Je vous donnerai quelques éléments de langage pour qu'à l'avenir on évite de passer à *ça* de l'incident diplomatique… OK ?

Alex ouvrait la bouche pour lui indiquer où il pouvait se mettre ses éléments de langage mais son regard périphérique capta un infime mouvement. Une personne du public était restée assise, au beau milieu des rangées de sièges désertés. Elle tourna le dos à Barbrot, qui scié devant tant d'indifférence, alla jusqu'à se palper pour s'assurer de la réalité de sa présence. Sans plus s'occuper de lui, attirée comme un papillon qui va se cramer, Alex se fraya un chemin somnambulique vers les yeux bleu glacier qui l'observaient en fauve dans la salle obscure. Sept ans qu'elle ne les avait pas oubliés. Réminiscence sublime et terrible à la fois, qui la ramenait au passé mort.

– Je lui casse la gueule, si tu veux.

Gotam.

KATMANDOU (ALT. 1 400)

À l'endroit des jours qui avaient succédé à l'expédition, Alex n'avait plus dans sa mémoire qu'un espace blanc impossible à dessiner. Un dernier son ? Le bruit du crash. La dernière image ? Le miroir des yeux de Gotam, dans lequel elle avait vu sa propre stupéfaction. De l'enquête menée ensuite, quelques bribes, dont le visage fuyant de Mallory qui s'excusait. De quoi ? De ne pas être mort, lui aussi ? Elle lui avait dit ça, elle s'en souvient. Elle s'en est longtemps voulu. Parce qu'elle parlait d'elle, à ce moment-là, mais Mallory ne pouvait pas le savoir ; qu'elle aurait dû mourir à la place de son père, sur l'Everest. C'était elle qui avait voulu y aller. Et elle en était revenue seule.

Il n'y avait pas eu d'enterrement. Il n'y avait pas de corps à inhumer. Juste une petite cérémonie autour d'une plaque de marbre vissée dans le rocher derrière le chalet ; sur ce même rocher où Alex avait appris à planter ses premiers pitons, vingt ans plus tôt. Les lettres dorées gravées en profondeur formaient le nom de son père ; et donc le sien. De fait, elle se sentait un peu morte, elle aussi. Tout était beaucoup trop irréel pour s'attacher à la situation et elle n'arrivait pas à absorber la compassion à son endroit. Complètement déconnectée, Alex voyait les gens défiler devant elle. Amis, collègues, aspirants guides, commerçants… tous les visages se ressemblaient dans la douleur. Elle ne reconnut pas sa mère, qui l'avait timidement enlacée. Elle s'était laissé faire, absente de son propre corps. Et cette mère avait disparu, fantôme de regrets dans le flux, comme tout le reste. Alors qu'elle finissait par s'impatienter, errant, hagarde, pour consoler une foule inconnue, elle avait croisé le regard malicieux du voisin de Jef, un guide à la retraite qui la connaissait depuis qu'elle n'était même pas née. Assis sur les marches en pierre de son propre chalet, il était en train de caresser sa vieille chienne croisée louve quand, du menton, il lui avait désigné la montagne dont le sentier partait derrière sa maison. Suivant le conseil muet, elle s'était extirpée de la masse triste et s'était enfuie, la chienne sur ses talons.

Elle avait marché trois heures sans s'arrêter sur le sentier penché, glissant parfois sur les aiguilles des pins inclinés vers elle dans une salutation silencieuse le long de son chemin de croix. La chienne partait en flèche dans les raccourcis tracés par les troupeaux avant de revenir vers elle. Comme si elle lui prenait le pouls avant de disparaître dans les lacets de plus en plus raides. Alex allait vite. Plus elle marchait, plus ses pensées jaillissaient en bribes et non plus en phrases.

Respire. Allez. Papa mort. Respire, papa. Est mort. Pleure, bon Dieu. Va te faire foutre Dieu, papa est mort, c'est impossible. Ta gueule, ferme ta gueule, tais-toi. Comment je vais faire ? Maintenant ? Arrête, n'y pense pas, plus tard. Marche, marche et tais-toi.

Elle avait croisé des randonneurs qui prenaient leur temps et regardaient le paysage. Ils s'étaient écartés pour laisser passer cette fille qui fonçait, comme en fuite.

Elle avait émergé de la forêt dense. Courant sur le chemin en balcon, elle boxait en passant les bourgeons de gentianes qui s'érigeaient en punching-ball. Elle s'attaqua à une première barre rocheuse. Puis à une deuxième. Les mains en avant qui parfois se plantaient dans les chardons cachés en interstices, les larmes refoulées – pas encore, pas encore –, le dernier virage, passage aérien de rocher en rocher où une femme était tombée, vingt ans plus tôt. Ça ferait quoi de tomber, aujourd'hui ? Elle chassa l'idée. Ralentir, ne pas faire n'importe quoi maintenant.

Et aboutir sur le plateau aux herbes folles, face au lac immense, rempli en reflet inversé du Sirac, cette montagne à six dents. La préférée de Jef. Qui est mort. Alex avait retiré ses chaussures et, suivant la chienne qui s'ébrouait déjà, avait mêlé sa sueur à l'eau glacée. Douloureux baptême qui purge et tue tout à la fois.

Enfin, elle avait pleuré sa nouvelle réalité. Submergée.

***

– Comment tu as su que j'étais là ?

Gotam sortit de sa poche un tract froissé qui indiquait l'heure et le lieu de la conférence d'Alex Vincent, glaciologue française. Tout simplement.

– Des Alex Vincent, ça ne court pas les rues de Katmandou. J'ai pris mon après-midi. Il fallait que je te voie.

Alex détailla le bleu de travail déchiré aux genoux.

– Tu bosses dans quoi maintenant ?

– Bâtiment. La ville est devenue un chantier géant en éternelle reconstruction depuis le séisme, alors ils recrutent n'importe qui, y compris les mecs comme moi qui n'ont jamais touché une truelle de leur vie. Mais je ne me plains pas, ça paye mieux que balayeur. J'ai commencé comme ça il y a six ans.

– Tu as fini par quitter la vallée. C'est ce que tu voulais à l'époque.

– La situation financière n'étant plus ce qu'elle était sans le revenu de mon frère, j'aide Nilambari, Mohinder et ma nièce Nisha en restant ici. Nisha habite dans la maison que je partageais avec Aniruddha, ça arrange tout le monde. Et de toute façon, je ne pouvais plus y dormir.

– Je comprends, répondit Alex en repensant au chalet de Jef qu'elle avait rapidement vendu pour ne pas s'y retrouver seule, elle aussi.

Ils furent interrompus par un technicien de l'amphithéâtre qui leur demanda de quitter les lieux. Il devait fermer. Alex nota son regard jugeant qui s'attardait sur Gotam et ses genoux déchirés. Un ouvrier à la fac, on aura tout vu, c'est ça ? Elle l'entraîna au-dehors par une porte dérobée qui leur évitait de traverser le hall blindé de petits-fours avant qu'il ne remarque l'attitude désobligeante du technicien. Sauf qu'arrivé sur le grand perron de pierres blanches, Gotam se retourna vers le bâtiment en forme d'hémicycle :

– J'aurais jamais pu être universitaire. Je suis trop bien élevé.

Pas dupe.

La fac étant excentrée, Gotam lui demanda où elle logeait. Lorsqu'elle lui indiqua le quartier, il hocha la tête en hélant un taxi qui passait là :

– C'est parfait, c'est là que je veux t'amener.

– Pourquoi ?

– Une surprise.

– Une bonne ?

– Ça, je ne sais pas encore, dit-il en lui ouvrant la porte du véhicule avant de donner l'adresse au chauffeur qui attendait.

– Freak Street.

Pendant la demi-heure de trajet qui les séparait de leur destination, Gotam interrogea Alex sur ce qui l'avait fait revenir, sept ans plus tard.

– Ado, j'ai grimpé un glacier. Il était très étendu, neigeux, beau. Un glacier normal, comme d'autres à l'époque. J'ai décidé d'y retourner, pour voir. Le même glacier, quinze ans plus tard, avait perdu un tiers de sa surface. Il fallait trois heures de marche en plus pour l'atteindre, crapahuter dans des pierriers instables là où, à l'époque, on montait, pépère, dans un couloir neigeux. Et arrivée au moment de me mettre les pieds au froid, je me rends compte que le glacier n'a plus de neige, c'est de la glace, à vif, qui fond en rigoles, partout. Les crevasses se sont multipliées et l'endroit n'est clairement plus *safe*. Quand je suis arrivée au sommet, le Mont-Blanc n'avait pas bougé d'horizon mais je n'ai pu que constater l'étendue des dégâts à mes pieds. En redescendant, j'ai dû sauter par-dessus une crevasse et au moment d'atterrir de l'autre côté, le glacier a hurlé.

– Hein ?

– On aurait dit un coup de couteau dans un nuage chargé d'électricité. Très aigu et très profond à la fois. Le bruit d'une ligne à haute tension qui se rompt. C'est comme ça que je l'ai interprété sur le moment. Comme si mon poids de fourmi suffisait à lui faire mal. Je n'ai jamais entendu un son aussi flippant et triste à la fois. Je l'ai ressenti dans tout le corps, comme un appel à l'aide. D'où les études en glaciologie qui ont suivi. Je suis revenue pour essayer de prendre soin de ceux qui restent. Ça peut paraître niais, vain et complètement désespérant, mais c'est ma vie.

– Contrairement à Sada, je comprends parfaitement ce que tu veux dire, la rassura Gotam, un mince sourire amer sur ses lèvres sèches de poussière.

Abîmée par les séismes à répétition, Katmandou était une ville épave, construite dans une cuvette dont le dôme de pollution, visible à des kilomètres à la ronde, emprisonnait ses habitants dans un marasme de poussière agitée par les vents qui descendaient des montagnes alentour pour y rester piégé et dont les flux servaient d'autoroute aux particules en suspension rejetées par le trafic aérien et les nombreux fours à briques illégaux qui parsemaient la vallée. Aujourd'hui, l'une des villes les plus polluées au monde, ne possédant pourtant aucune véritable industrialisation. Capitale grouillante aux immeubles serrés les uns contre les autres dans une architecture anarchique et bancale, aux rues étroites et étouffantes dans lesquelles s'entassaient plus d'un million d'habitants, pauvres pour la plupart. Katmandou faisait peur à vivre.

Alex et Gotam descendirent à Freak Street, cet ancien quartier hippie où, dans les années 1960 et 1970, les camés du monde entier venaient goûter au haschich local dans des boutiques dont la licence gouvernementale en autorisait le business. En vente légale donc, supervisée par l'État, les drogues dures avaient attiré en un temps record des jeunes Occidentaux en vacances ou en rupture. Dans ce Disneyland de la came, des bus arrivaient directement de l'aéroport ou de la frontière indienne. L'État népalais s'était sèchement fait rappeler à l'ordre par le gouvernement américain, dirigé alors par Nixon dont la brigade des mœurs ne supportait pas de voir ses jeunes compatriotes aller se droguer ailleurs. Joli puritanisme hypocrite, à l'heure où la jeunesse réquisitionnée était massacrée dans la débâcle de la guerre du Vietnam. Le Népal, dépendant des nombreuses subventions américaines allouées à la santé ou à l'agriculture, ne pouvait se permettre de mettre en péril les liens qui unissaient les deux pays. L'État avait donc affrété des charters dédiés à l'évacuation de ces hippies un peu spéciaux à la frontière indienne, sans que quiconque y trouve à redire. À partir de 1973, le quartier fut ainsi littéralement vidé, nettoyé puis réutilisé à des fins touristiques et commerciales. Les boutiques où se vendaient les drogues furent autorisées à garder leur nom, comme le célèbre *Haschich Ganga Shop*, pour attirer le chaland ayant raté sa crise d'adolescence et se sentant sûrement rebelle de marcher dans les pas d'anciens toxicos échappés de Saïgon, dans une rue devenue inoffensive. On garde le mythe et on crame les déchets à l'essence.

– La belle affaire, commenta Alex.

– Sauf que tu vas voir que les déchets n'ont pas tous disparu. Suis-moi, lui dit Gotam en l'entraînant dans une ruelle plus sordide que les autres.

À côté d'une boucherie d'où jaillissaient des mouches attirées par la viande qui débordait d'un étal bancal, un tas d'immondices était adossé sur une façade à deux doigts de tomber dans le sens où elle penchait. Lorsqu'ils arrivèrent à côté, le tas se redressa en grognant et Alex se retint de sursauter.

C'était vivant.

– Voulez que je vous tire les cartes, les tourtereaux ? proposa l'informe, repoussant les déchets érigés en remparts pour disposer d'une main experte les cartes ratatinées d'un jeu de tarot sur le sol, faces cachées.

Alex allait pour secouer la tête dans un refus automatique et continuer sa route quand elle vit que Gotam s'était arrêté pour tendre quelques roupies à la femme – car c'était une femme qui se tenait là, assise sur ses talons.

– Tiens.

– Oh, mon joli, c'est toi ! Ça fait longtemps que tu n'es pas venu me voir.

Alex, qui ne comprenait rien à la situation, croisa le regard de Gotam qui lui fit signe de le laisser faire. Elle reporta son attention sur la mendiante et comprit ce qu'il avait voulu lui montrer. Ses cheveux, autrefois lisses et drus, tombaient en grise cascade filasse, couvrant de moitié le visage exsangue et creux qui lui souriait, cassé.

Dawa.

Elle paraissait complètement perdue. Ou défoncée, se dit-elle en observant les striures rouges qui se mélangeaient en cicatrices au fond de ses yeux.

– Tu préfères pas qu'on baise pour une fois ? proposa-t-elle à Gotam en ouvrant les bras. À ce mouvement, une odeur fétide de crasse se dégagea des haillons qui l'enveloppaient et Alex se mit à respirer à l'envers.

– Non.

– Alors je commence.

Elle retourna les cartes une à une en énumérant leur signification. À chaque apparition, son visage ravagé se refermait un peu plus.

– Le pendu, la justice, la roue de la fortune et l'arcane sans nom. Autrement dit, la mort. Tu portes la poisse habituelle, mon garçon, va-t'en, grinça-t-elle, en ramassant brusquement ses cartes avant de les faire disparaître dans les replis des chiffons qu'elle habitait.

Alex s'accroupit devant elle, à distance raisonnable.

– Qu'est-ce qui t'est arrivé ?

Dawa la mendiante l'ignora superbement pour s'adresser à Gotam :

– C'est qui, celle-là ?

– Alex, tu l'as connue aussi, il y a longtemps.

– J'connais personne, moi. Fichez-moi le camp maintenant !

Dawa s'était redressée comme une diablesse dans sa boîte en carton, surveillant les deux issues de la ruelle. Au bout de l'une d'elles, un homme lisait un journal froissé, nonchalamment appuyé sur le mur. Dawa suait la peur. À son cri rauque, presque animal, le boucher sortit en vigie sur le pas de sa porte et, ne voyant pas de danger immédiat pour sa boutique, rentra sans demander son reste. Dawa continua de crier :

– Il ne doit pas me retrouver, il peut me tuer. Il a été militaire, il sait s'y prendre pour faire disparaître les gens.

– De qui tu parles, Dawa ?

– Je ne suis pas Dawa ! Je ne suis personne, je n'existe plus ! Vous lui direz !

Dawa perdait les pédales. Elle essuya la bave qui jaillissait en postillons de sa bouche édentée et se terra dans un silence mutique, définitif. Elle s'était mise à secouer la tête en boucle, comme pour en sortir.

– On s'en va, murmura Gotam en entraînant Alex dans son sillage.

Cette dernière, abasourdie, se retourna une fois pour croiser le regard dément et méconnaissable qui les poursuivit jusqu'à ce qu'ils disparaissent au coin de la rue, passant devant l'individu au journal dont le visage était dissimulé derrière de grosses lunettes noires. Il n'y avait pas de soleil, mais ce n'est pas ça qui retint l'attention d'Alex. Sur la première page, la photo d'un homme dont elle connaissait le visage.

– Qu'est-ce que ça dit sous la photo ?

Gotam déchiffra le népali pour elle :

– L'ancien ministre du Tourisme, M. Upadhyaya, fêtera ses quatre-vingts ans en haut de l'Everest.

Le prédécesseur de Sada.

– Toujours vaillant à ce que je vois.

Gotam ne répondit pas à la boutade, les traits brusquement assombris.

– C'est un fils de chien.

***

– J'ai du mal à comprendre.

Ils s'étaient installés dans le café de l'hôtel où Alex allait passer la nuit. Une télé en sourdine égrenait les infos de la BBC. À la table voisine, un groupe de Français débattaient à propos des règles parfois débiles des parcs nationaux, édictées par des énarques de bureau qui ne connaissaient rien au terrain. *Un voyage CAF*[6], pensa Alex en reportant son attention sur Gotam, Apache d'une époque révolue. De la grâce de l'Indien restaient les cheveux longs et le visage de rapace. Le reste de son corps, teint pâle, respiration sifflante, accusait sa vie de labeur dans une ville qui étouffait les siens. Elle avait souvent pensé à lui. À ses apparitions inopinées et chamaniques qui la laissaient transportée. Et le sentiment de vide, voire d'abandon, qui suivait. Surgissant du néant pour mieux y retourner. Et le voilà qui revenait vers elle, sans qu'elle en soit étonnée. Heureuse, sûrement, mais déjà prête à ne pas s'accrocher trop fort. Certains fantômes laissent des marques.

Il lui raconta que, à la suite de l'échec de l'expédition, Dawa s'était fait virer. Au sortir d'une enquête bâclée, diligentée en partie par Ashok et le ministre, le sirdar avait saqué Dawa en l'accusant de n'avoir pas su maîtriser le sauvetage. Radiée de son équipe, devenue le mouton noir de la vallée pour cause d'incompétence, l'agente logistique était retournée d'où elle venait : Katmandou. La suite, un hasard nucléaire : c'est un gars du foyer de travailleurs où il créchait qui lui avait parlé d'une prostituée nommée

6 Club alpin français.

Dawa. À l'instinct, il était parti à sa recherche, la ratant de peu à chaque fois : elle changeait régulièrement de QG. Il était enfin tombé sur elle, un mois auparavant et alors qu'il la reconnaissait, elle, de son côté, ne l'avait pas remis du tout. Devenue folle. Et quand il lui avait rappelé qu'Aniruddha était son frère, elle avait carrément vrillé.

– Après ton départ, les médias se sont déchaînés au sujet de l'expédition ratée. Ils ont tout mis sur le dos d'Aniruddha. L'accusation principale venait d'Upadhyaya, c'est lui qui tenait les rênes. Il a dit qu'il avait fourni toute l'aide nécessaire et que l'échec de l'expédition n'était pas de sa responsabilité.

– Facile de taper sur les morts.

– Pratique en tout cas. Mais le nom de Dawa est sorti aussi. C'est pour ça que je voulais la retrouver. Avant de me rendre compte qu'il n'y avait rien à en tirer, sauf des cartes de tarot.

Gotam se rapprocha d'Alex, par-dessus la table :

– Je suis sûr qu'elle est mêlée à un truc lié au drame, mais elle flippe. Je me demande si ce militaire existe bel et bien ou si c'est une invention parano de son esprit malade. C'est la première fois qu'elle en parle.

Il posa sa main sur le bras d'Alex. Une lueur d'urgence fébrile brûlait dans ses yeux posés sur elle.

– J'ai besoin que tu m'aides. Quelque chose a déraillé là-haut, il y a sept ans, et ce n'est pas à cause de mon frère. Je dois le prouver.

Alex resta déconcertée. Jamais Gotam ne lui avait demandé de l'aide. Ça avait été plutôt l'inverse à l'époque. Elle le sentait mal à l'aise. Elle l'était aussi. Elle n'aimait pas la tournure que prenaient leurs retrouvailles. Elle n'aimait pas la discussion, ni la tension qu'elle sentait en intraveineuse au contact de Gotam. Ce dernier, qui s'était mis à trembler, retira sa main, le visage fermé. Il avait lu dans ses pensées lorsqu'il demanda :

– Pourquoi ?

– Je suis passée à autre chose. Je ne veux pas remuer tout ça.

Il éclata d'un rire cynique.

– Tu as choisi de devenir glaciologue ! Tu es restée dans la glace, comme ton père et mon frère. Tu *remues tout ça* tous les jours.

– Ne parle pas de mon père comme ça !

Il avait touché juste et durement. L'image qu'elle avait fabriquée du visage gelé de Jef ressurgit devant ses yeux fermés. Le visage de son père qui aurait toujours froid. La pire vision de sa bibliothèque mentale, celle qui la ferait éternellement vomir. Elle se leva, bouillonnante de rage, et se retint de balancer à la gueule de Gotam les mots qui les sépareraient à jamais. Après un dernier regard qui le mettait en garde, elle fit volte-face pour rejoindre sa chambre à l'étage sans entendre dans son dos le murmure cassé qui s'échappait des lèvres découpées au couteau :

– Ce n'est pas son nom qu'on a sali à la une de tous les journaux. Jef a été oublié. Aniruddha ne le sera jamais, en coupable tout désigné.

***

Elle se cramponnait, arc-boutée au-dessus du vide depuis trop longtemps pour lâcher maintenant. Elle avait traversé le pire en serrant les dents, tout pris sur elle, y compris sa propre culpabilité de ne pas être morte. Elle avait mis des années à piger ce qui manquait : les quelques bouts d'elle-même restés là-haut.

Depuis, elle tangue de la vie, amputée boiteuse qui se noie dans le non-dit et le non-avoué, elle bosse comme une dingue tout en ayant l'impression de brasser l'air juste pour s'occuper. Pour ne pas tomber. Elle avait assez mâché sa douleur et réussi à effacer depuis peu les dernières images trop rembobinées. Elle se mentait à elle-même et alors ? C'est le lot de la plupart des gens trop lâches pour passer par le feu. Et elle était comme tout le monde, banale, elle n'aimait pas avoir mal.

Dans le lit de ses côtes ressoudées depuis longtemps, son cœur commença à s'emballer.

Calme-toi, calme-toi, ça va aller.

Mais la vague arrivait, la septième vague attendue, redoutée, toujours contenue et évitée, jusqu'à cette nuit.

Son tabassage mental n'allait pas suffire, pas cette fois.

Tout va bien se passer.

Hahahahahahahahahahahahaha !

Non.

Vague scélérate.

Elle n'arrive plus à respirer, sa poitrine est déjà pleine d'un air vicié. Son corps entier commence à se crisper en une crampe qui semble ne jamais vouloir s'arrêter, jusqu'à ce qu'elle en crève. Elle va crever. Elle est en train de crever, enlacée par la peur. Étouffée par ses propres muscles qui l'étranglent de l'intérieur. Elle est en train de se tuer, elle-même. Sans rien y pouvoir, hormis se regarder depuis le plafond. Sa forme recroquevillée sous les draps en un fœtus seul et glacé. Elle se fait pitié. La pitié empêche de pleurer.

Ça n'est pas ça, mourir. Mourir est forcément plus agréable que *ça*, cette petite mort débile. Elle se fait honte sans l'expliquer, cette faiblesse surgie de nulle part et qui suffit à la désarçonner. Tsss. Elle est plus forte que ça. Elle est plus que ça, ce cadavre pulsant.

Elle s'entoure de ses bras, s'étreint doucement, s'éteint le cœur. Il l'écoute.

Elle reprend le dessus. Respire, enfin. Elle n'est pas morte, ni devenue fille folle d'une fracture du cerveau. Petit à petit, la crampe s'évente et s'épuise. Finit par s'envoler, la laissant exsangue, pesante sur le matelas imprégné de sa sueur, vidée mais toujours vivante.

Tu vois. Tout va bien.

Déni du survivant.

T'as des choses à régler.

Oui.

Prends un cachet.

Le lendemain matin, Alex descendit les marches qui la menaient jusqu'au café, transformé en salle de petit déjeuner. Il était là. Assis à la même table que la veille, au milieu de la pièce désertée. Il l'attendait. Regards croisés. Il vit ce qu'il voulait voir : la nuit transcendée. Et il sourit, peut-être pour la première fois de sa vie. Ils parlaient désormais le même langage. Elle le portait sur elle, il la portait sur lui. Bousculés par la tempête qui, en balayant leurs vies, les avait liés à jamais. Pour le pire. Ils construiraient sur leurs ruines – il ne leur restait que ça. Ils devraient faire avec et sans le soleil. Eux, c'était la glace. Solides, ils se répareraient, ensemble. Ils n'avaient plus le choix que de vivre assez fort.

– Il n'y a qu'une personne susceptible de pouvoir nous aider. Elle habite non loin d'ici, dans le quartier de Dilli Bazar.

Gotam eut un sourire entendu.

– Miss Crawley.

– Oui, acquiesça Alex. La mémoire de l'Himalaya.

Gotam se leva pour aller ouvrir la porte. Elle sortit la première, il la suivit.

Derrière eux, leurs décombres.

***

Journaliste passionnée de sciences politiques, correspondante pour le *Time*, Miss Crawley avait déjà travaillé dans le monde entier avant d'atterrir à Katmandou. La situation géographique et géopolitique du pays, alors en plein éclatement de sa monarchie héréditaire, l'avait amenée à s'y installer définitivement pour traiter son sujet favori. Elle, qui avait bien compris l'importance des enjeux politiques dans la conquête des sommets, avait décroché son premier scoop d'une manière peu orthodoxe. En espionnant la radio qui reliait le camp de base à l'ambassade américaine, elle avait été la première au courant de la réussite de l'ascension américaine du sommet de l'Everest en 1963. Tenant le scoop, elle avait ensuite téléphoné en boucle à l'ambassade pour en bloquer la ligne, plaçant tous ses confrères dans l'incapacité de transmettre l'information. Miss Crawley n'avait pas son pareil pour obtenir ce qu'elle voulait, quand elle le voulait. Tous les moyens étaient bons. Y compris devenir, un temps, une agente de la CIA, bien calée entre l'Inde et la Chine.

Son engouement pour l'archivage et la classification des courses aux sommets était arrivé ensuite, lorsqu'elle avait eu la sensation d'avoir atteint son plafond de verre journalistique. Sans statut ni légitimité de départ mais armée des nombreuses informations obtenues au fil des années à ce sujet, elle s'était donc lancé le défi de créer l'*Himalayan Database*, la principale base de données des ascensions himalayennes.

Le bureau de l'archiviste se trouvait stratégiquement à deux pas de l'hôtel Marriott où descendaient les alpinistes les plus sponsorisés. L'approche était toujours la même ; ceux-ci, à peine arrivés dans leur chambre, recevaient un coup de fil de la réception :

– Miss Crawley veut vous voir.

Quelques minutes plus tard, une petite Coccinelle bleue modèle 1963 conduite par un chauffeur en livrée se garait en bas de l'hôtel et Lisbeth Crawley en descendait pour aller à la rencontre de ses « données humaines ».

Elle leur distribuait des fiches de renseignements : nom, prénom, âge, nationalité, quelle montagne voulaient-ils grimper ? Avec quelle agence ? Combien de membres l'expédition comptait-elle ? Parfois, certaines questions étaient beaucoup plus intimes, voire carrément intrusives. Étaient-ils célibataires, vivaient-ils avec leur petite amie ? Une fois les questionnaires distribués à des alpinistes surpris, cette petite femme à la mise en plis bien rodée et au tailleur long impeccablement repassé remontait dans sa voiture après leur avoir donné rendez-vous à son bureau de

Dilli Bazar pour la remise des fiches. Et éventuellement, pour un interrogatoire plus approfondi.

Miss Crawley n'avait jamais gravi une seule montagne de sa vie et pourtant, grâce au stockage des données de plus de quatre mille expéditions, elle savait mieux que quiconque à quoi ressemblaient les voies et leurs sommets. Si un alpiniste affirmait qu'il avait atteint le sommet du Cho Oyu, elle lui demandait si l'Everest était visible de là-haut. Si le grimpeur répondait par la négative, elle savait qu'il avait confondu le plateau nord sommital avec le véritable sommet et ne validait pas la course. L'intransigeance mêlée d'expertise de la vieille femme faisait osciller ses interlocuteurs entre agacement et admiration.

Lorsqu'Alex et Gotam arrivèrent à l'adresse indiquée, la Coccinelle bleue était bien là, garée devant le trottoir. Miss Crawley était chez elle. Après une brève hésitation mêlée d'appréhension, Alex inspira profondément puis frappa à la porte.

– Je vous attendais.

Lisbeth Crawley, installée derrière son imposant bureau en acajou, leva les yeux de son ordinateur hors d'âge pour les observer par-dessus ses lunettes en demi-lune dorées. Dans leur dos, la dame de compagnie qui les avait introduits et présentés referma doucement la porte dans un mouvement d'air qui fit voleter les nombreuses feuilles entassées sur le plateau.

– Comment ça, vous nous attendiez ? demanda Gotam, aussi désarçonné qu'Alex par cette entrée en matière.

Miss Crawley balaya impatiemment la question d'une main maigre et veinée de bleu :

– Je dois terminer de rentrer quelques notes. Asseyez-vous.

C'était plus un ordre qu'une invitation et tandis qu'ils prenaient place dans les fauteuils de velours fatigués, les doigts de la vieille femme de quatre-vingt-douze ans domptaient le clavier aux touches dures avec la force de l'habitude, sans plus se préoccuper d'eux. Alex regarda autour d'elle. Chaque mur de la pièce, qui servait aussi de salle de séjour, accueillait une bibliothèque. Un nombre incalculable d'ouvrages spécialisés et de dossiers d'archives s'entassait ainsi un peu partout, transformant l'espace en un cocon silencieux et étouffant. L'air était épais. Un mélange d'odeurs de vieux papier, de cigarette et d'encens flottait dans les quelques rayons du soleil qui perçaient les persiennes aux lames empoussiérées. Alex avait une terrible envie d'ouvrir la fenêtre, mais elle n'osait pas bouger, de peur de troubler le travail méticuleux de la nonagénaire.

Enfin, Miss Crawley repoussa son clavier, appuya sur un bouton de l'écran qui devint noir puis se tourna vers eux. Ils avaient toute son attention.

– L'expédition d'Aniruddha Tamang. Vous l'avez dans vos archives ? Les coupures de presse de l'époque, les déclarations à la suite du drame ?

– Pour celle-là, je n'ai pas besoin de mes archives. J'ai tout dans la tête, répondit-elle sèchement.

– Vraiment ?

Lisbeth Crawley se renfonça dans son fauteuil, ses frêles épaules disparaissant dans les coussins molletonnés coincés derrière son dos qu'elle gardait droit. Elle retira ses lunettes pour se frotter les yeux. Elle paraissait lasse et ses paupières lourdes restèrent fripées par le geste.

– J'avais prévenu Aniruddha. Il a décidé de n'en faire qu'à sa tête.

– Vous avez connu mon frère ?!

L'archiviste eut un sourire indulgent face à Gotam qui s'était avancé dans son siège.

– Tu lui ressembles beaucoup, tu sais.

Gotam se laissa dévisager par Miss Crawley. Il aima la façon dont elle cherchait son frère en lui. Se remémorer ses morts est toujours une façon de les faire revivre un peu. Au moins le temps que l'on parle d'eux.

– Comment ça, il n'en a fait qu'à sa tête ? De quoi l'aviez-vous prévenu ? reprit doucement Alex.

– Aniruddha a rêvé trop grand, expliqua la vieille femme. Il n'a pas voulu rester à sa place. En tout cas la place où on l'imaginait vieillir.

– On veut savoir la vérité. Quelle qu'elle soit.

– Je vous préviens, une fois que je vous aurai dit ce que vous voulez, quand vous sortirez de ce bureau, vous deviendrez des cibles.

– Ou d'autres en deviendront à leur tour, menaça Gotam, la mâchoire saillante.

– Vous allez vous attaquer à quelque chose qui vous dépasse.

– On n'a plus rien à perdre.

– Si. Vos vies.

Des anges noirs volèrent dans la pièce plongée dans la pénombre. Alex et Gotam échangèrent un regard éloquent qui n'échappa pas à Miss Crawley. Ils étaient prêts à tout. Aussi, elle finit par lâcher :

– Aniruddha a été victime d'un sabotage en bonne et due forme. Son expédition était vouée à l'échec.

– Comment… comment le savez-vous ? balbutia Alex en s'agrippant aux accoudoirs élimés de son fauteuil.

– J'ai gardé quelques réflexes de mon ancien métier de journaliste. Comme avoir une oreille sur les conversations radio des expéditions en cours. Je suis la seule à connaître toutes les fréquences. Toujours aujourd'hui, d'ailleurs, précisa la vieille femme avec une fierté qu'Alex trouva complètement déplacée.

– Vous espionniez celle d'Aniruddha ?!

– Bien sûr. Mais la plus intéressante était celle de l'agente logistique de l'époque. C'est grâce à elle que j'ai pu recouper certaines informations.

Gotam regarda Alex qui acquiesça sombrement. Il avait raison au sujet de Dawa, elle était mêlée à tout ça, depuis le début. Ils allaient devoir lui demander des comptes, aussitôt sortis d'ici.

– Pourquoi n'avoir rien dit, pendant tout ce temps ?

– Parce que, sur le fond, je suis d'accord.

Alex et Gotam bondirent de leur siège, abasourdis devant l'aplomb de l'ancienne journaliste qui, d'une main levée, leur indiqua qu'elle n'avait pas terminé :

– Il est certain que je désapprouve les méthodes employées, poursuivit-elle d'un air entendu en rechaussant ses lunettes. Mais j'ai toujours jugé que la motivation initiale était juste, conclut-elle en caressant d'un regard de soupirante l'Everest miniature en cristal posé sur son bureau.

– Putain de tarée, je vais…

Alex ne laissa pas le temps à Gotam d'étrangler la vieille comme il s'apprêtait à le faire. Elle se pencha vers Miss Crawley, les deux poings posés sur le bureau et, maîtrisant tant bien que mal les tremblements de sa voix, lui demanda :

– Qui ? Qui a orchestré le sabotage ?

L'archiviste secoua la tête :

– Ça, je ne peux pas vous le dire. Contrairement à vous, je tiens encore à la vie.

Gotam n'en pouvait plus de bouillir d'impuissance devant cette folle qui les menait par le bout du nez. Il attrapa d'un geste vif la montagne de cristal. L'archiviste se redressa, sur le qui-vive. Elle tenait énormément à cette babiole, offerte par un ami de la CIA de nombreuses années auparavant. Gotam porta l'objet à hauteur de ses yeux et murmura :

– Pour ce qu'il en reste, de votre vie...

Il lâcha le cristal qui vint se briser sur le sol.

Interpellée par ce bruit inhabituel, la femme de chambre entra en coup de vent dans le salon et manqua de percuter Alex et Gotam qui vidaient les lieux avant d'y mettre le feu.

– Madame ? Madame ?

Miss Crawley garda le silence. Elle avait déjà croisé des gens peu fréquentables et n'était nullement impressionnable. Mais elle s'était trompée au sujet de ce garçon. Il ne ressemblait pas du tout à Aniruddha, si gentil, si faible, aussi. Celui-là était imprévisible, dangereux ; comme un chien qui a la rage. Et sa copine suivait ses traces, la violence au fond des yeux.

Tout le long du chemin qui les menait vers la ruelle de Dawa, les gens s'écartaient devant ce couple étrange, grandi. Le halo invisible qui les maintenait ensemble réduisait l'espace libre des rues encombrées. Ils rayonnaient en nucléaire, chacun calant son pas sur celui de l'autre, leurs respirations se concertant inconsciemment, leurs élans en mimétique. Au milieu du brouhaha des klaxons, des invectives et apostrophes de la ville vivante, seul le silence les précédait. Le silence du bourreau.

Ils stoppèrent au bout de la ruelle. Déserte. À l'endroit où se trouvait Dawa la veille au soir, le boucher passait le balai, formant un tas des détritus laissés par l'ancienne agente logistique.

– Où est-elle ?

Le boucher désigna la marque humide laissée par le passage de Dawa :

– Dawa ? Des flics sont venus l'embarquer, tôt ce matin. Il faisait encore nuit. Ils m'ont dit qu'ils « nettoyaient » le quartier des hippies drogués, que ça faisait tache pour les touristes. J'ai bien essayé de leur expliquer qu'elle était juste folle et non droguée mais ils n'ont rien voulu entendre. J'ai pas insisté, ils n'avaient pas l'air commodes.

– Des flics ?

– Ils avaient des flingues en tout cas.

Alex shoota en jurant dans un carton qui restait là. Ils étaient arrivés trop tard.

***

De retour à son hôtel, elle finissait de boucler ses affaires quand Gotam toqua à la porte de sa chambre.

Il s'était changé. *Exit* le bleu de travail élimé, il avait opté pour un jean et un tee-shirt doux d'usure. Alex sourit en reconnaissant les Clash qui lui couvraient le torse.

Toute sa vie tenait dans le sac à dos qui lui pendait sur l'épaule.

– Faudra que je te prête des fringues, il fera plus frais là-haut, fit-elle en désignant son maigre bagage.

– Une de tes robes ?

– Et pourquoi pas ?

RETROUVAILLES

La première chose que remarqua Alex, de retour sur le camp de base, fut la longue file de points colorés qui se détachaient sur la neige immaculée. Soit une bonne centaine d'alpinistes qui remontaient la paroi du Lhotse. Hormis les quelques espaces qui suggéraient des faiblards à la traîne, tout le monde était cul à cul, en direction du sommet. Une vraie caravane. Un putain d'embouteillage.

Sous un soleil éclaté.

Elle déglutit, la gorge sèche. Son père était toujours là-haut. Mais où, exactement ?

De visible, il ne restait que le corps de Mei Li. Entrée dans la légende sous un surnom que d'aucuns trouveraient poétique : la princesse aux mains nues. Lorsqu'elle a été retrouvée, dans le linceul de son duvet, elle n'avait plus ses gants.

Alex avait laissé Gotam retrouver Nilambari et Nisha à Gorak Shep. Il n'avait pas vu sa famille depuis deux ans. Elle irait les saluer plus tard. Elle devait d'abord prendre ses marques dans la tente réservée aux scientifiques : ses nouveaux quartiers.

En parlant de quartiers, le camp avait visiblement souffert de la mode de la gentrification. Le nombre d'agences d'expéditions commerciales avait explosé, passant du simple au double ; quant aux prix, c'était du simple au triple. La plupart des tentes des agences cheap étaient locales et regroupées dans un coin du camp tandis que les agences internationales friquées étalaient leurs tentes luxueuses équipées en écrans plats, bars et salons de massage, Wi-Fi et 5G du côté du camp qui avait la plus belle vue. Fracture sociale qui commençait à diviser sérieusement les équipes sur place. Certaines sociétés étrangères qui opèrent sur l'Everest depuis le début des expéditions commerciales reprochent à leurs concurrents locaux de sacrifier la sécurité de leurs clients à une féroce guerre des prix. À l'inverse, ceux-ci les accusent de considérer la montagne comme un avant-poste colonial. Somme toute, personne n'avait tort mais tout le monde prenait l'argent.

La tente scientifique servait autant de laboratoire d'analyses pour les échantillons de glace extraits du Khumbu que de QG pour les différentes équipes internationales dépêchées sur place. Après avoir déposé ses affaires personnelles dans le box qui lui était alloué par l'institut, Alex alla se présenter à son confrère du box voisin. Un Écossais plutôt jovial qui l'accueillit chaleureusement par une succession de clins d'œil qu'Alex traduisit en langage morse : enfin une femme dans cette tente remplie de brutes. Bon.

Quelques minutes plus tard, elle rejoignait la zone des héliports, cherchant des yeux celui réservé au déchargement du matériel scientifique. Il y avait trois héliports sur le camp de base, deux de plus s'étaient construits depuis sa dernière fois ici. Et justement, un appareil était en approche. Alex se cala les mains sur les oreilles, autant pour assourdir le bruit insupportable des rotors que pour garder son bonnet en place.

Un jeune homme descendit de l'hélico qui redécolla dans la minute. Le mec, couvé par le sherpa qui l'accompagnait, attendait anxieusement que le souffle des pales s'estompât pour récupérer son gros sac à dos bardé de matériel high-tech tout neuf dans les bras de son porteur avant de sortir son téléphone et de commencer à filmer. À se filmer, plus précisément. Au beau milieu de l'héliport. Derrière lui, le sherpa patientait, guettant le ciel. Après quelques prises de ses cheveux blond platine, coupe coiffée-décoiffée sur fond d'Everest, l'influenceur rangea son smartphone, redonna son sac au sherpa, puis remonta dans l'hélicoptère suivant. Alex détourna les yeux. Elle pourrait tuer, après ça.

L'appareil chargé du transport de matériel scientifique arriva peu après. Elle se pressa d'aller récupérer la caisse marquée à son nom pendant qu'autour d'elle, une bonne dizaine de collègues faisait de même. La caisse était lourde ; elle tangua sous son poids.

– Un coup de main ?

Alex releva les yeux vers l'aide bienvenue. Ce sourire gratuit et ravageur, elle l'avait déjà vu.

– Ajiwa ! s'exclama-t-elle, ravie.

Son ancien petit porteur sembla très ému lorsqu'il lui serra la main.

– Je croyais que tu étais… que tu étais restée là-haut, avec les autres. Je ne t'ai pas revue, après.

– Non. Moi je suis revenue.

Ajiwa dut sentir le souvenir toujours à vif car il abrégea le sujet, ce dont Alex le remercia intérieurement.

– Je prends ça ! fit-il, enthousiaste, en soulevant aisément la caisse qu'Alex avait abandonnée par terre, le temps de leurs retrouvailles.

– Doucement, faut pas trop remuer ce qu'il y a dedans.

– C'est quoi ?

– Dynamite.

En chemin vers la tente, Ajiwa lui raconta les nouvelles. La multiplication des vols en hélicoptère ces dernières années avait rendu son job de yakman complètement obsolète. Dorénavant, les touristes préféraient se faire acheminer confortablement et rapidement vers le camp de base. Certains alpinistes continuaient de faire le trek de Lukla au camp de base mais confiaient leur matériel de grimpe et bidons d'approvisionnement aux hélicoptères qui déposaient cela en un clin d'œil aux équipes de sherpas déjà sur place. Les cordées n'avaient plus qu'à glisser dans leurs chaussons dès leur arrivée.

Tandis qu'il parlait, Alex remarqua en effet l'incessant ballet des transports ailés.

– Cinquante allers-retours par jour en moyenne, ça fout mal au crâne à tout le monde, pesta Ajiwa qui avait perdu le sourire. J'ai dû vendre Bahamas. Elle me manque, cette bête. Alex se remémora le duo improbable que le jeune Ajiwa formait avec son immense yack à l'époque et se sentit triste pour son ami.

– Que fais-tu alors ?

Ajiwa bomba le torse et gonfla les muscles de ses bras qui portaient la caisse :

– Devine.

– Sherpa ?

– Ouais. Comme mon père. J'espère juste vivre plus longtemps que lui.

Ils passèrent devant l'une des grandes tentes réservées aux cuisines. Alex, par réflexe, jeta un coup d'œil à l'intérieur. Et se figea sous le coup de la surprise.

– Mohinder, commenta le jeune sherpa en suivant son regard. C'est lui qui vous accompagnait la première fois, non ?

– Oui. Oui, c'était lui.

Le sherpa était penché devant un bac rempli d'eau mousseuse, une éponge crasseuse dans sa main amputée de deux doigts. Dans le giron du colosse, la vaisselle faisait dînette. Alors qu'il s'emparait d'un verre, celui-ci lui échappa pour se briser à ses pieds. L'air las, Mohinder baissa précautionneusement sa grande carcasse pour ramasser les morceaux, les jeter dans une poubelle qui en comptait d'autres, et recommença les mêmes gestes, répétitifs, routiniers, aliénants. Une pile d'assiettes sales le narguait de toute sa hauteur.

– Il a été relégué aux basses besognes, lui apprit Ajiwa à voix basse, il buvait trop pour continuer à grimper. Personne ne voulait plus l'embaucher sauf un chef d'expédition local qu'il connaissait et qui a bien voulu le prendre dans son équipe aux cuisines à la condition qu'il arrête de boire. Aux dernières nouvelles, il ne touche plus une goutte d'alcool mais sa réputation est foutue ici.

La pathétique image du sherpa déchu raviva chez Alex des sentiments terribles, contradictoires. Gotam lui avait raconté l'exploit héroïque de Mohinder pendant la guerre lorsqu'il était allé délivrer Nilambari des mains des communistes. Il avait dû en voir, des horreurs, là-bas. Lors de leur première rencontre, elle ne connaissait pas le passé triste du sherpa, même s'il le portait sur lui. Ça pouvait expliquer la picole. Et sa chute à elle, qui en fin de compte lui avait évité la tempête. Et la mort. Elle avait décidé de lui pardonner.

Après s'être promis de se revoir rapidement, Ajiwa s'éclipsa avec la caisse qu'il déposerait dans son box – c'était sur son chemin – et Alex pénétra dans la tente.

Mohinder leva ses yeux noirs et battus. Lorsqu'il la vit, une étincelle. Toute petite, mais bien présente. Et cette grosse voix d'ours triste qui lui avait tant manqué.

– Alex.

Après une accolade sincère qui ne s'embarrassait pas de mots, elle embraya direct sur l'idée qui venait de s'imposer à elle :

– J'ai une expédition scientifique la semaine prochaine ; je dois recruter un sherpa pour monter mon matériel jusqu'au camp 4. J'aimerais que ce soit toi.

– Je ne monte plus, tu sais.

– Tu ne veux plus ou tu ne peux plus ?

– C'est pas moi qui décide, c'est Ashok.

– Ashok ? Quel rapport ?

– Il a sa propre agence maintenant. C'est lui mon patron.

Alex digéra l'information. Contrairement à Dawa, l'ancien sirdar avait réussi à tirer son épingle du jeu à la suite de l'expédition qui avait viré au drame.

– Il est où ?

– Sûrement à son bureau, dans la tente de *Summit Express*, quartier ouest.

Le quartier des agences népalaises.

– On va aller lui demander gentiment.

Après un court moment d'hésitation et un regard vers la montagne de vaisselle sale qui l'attendait encore, Mohinder acquiesça tout en lui emboîtant le pas, grandi de quelques centimètres.

***

Les nouveaux clients débarqués par hélicoptère s'étaient regroupés en cercle autour de leur chef d'expédition. Casquette de base-ball sur la tête, tee-shirt moulant ses pectoraux imprimé à l'effigie de son agence, look occidental et branché, Ashok était devenu, au fil de ces dernières années, un personnage incontournable de la scène alpinistique et himalayenne. Star des réseaux sociaux, il alimentait sa légende à coups de buzz et d'exploits que tout le monde essayait d'imiter. Son agence, qui embauchait uniquement des travailleurs népalais, s'était retrouvée boostée par les nombreux sponsors qui, peu à peu, se détournaient des agences occidentales vieillissantes et frileuses pour faire confiance au savoir-faire local. Qui leur coûtait surtout moins cher.

Récemment, il avait pu élargir son catalogue de courses en proposant à ses clients deux nouvelles ascensions : le K2 et le Nanga Parbat. *Summit Express* s'exportait désormais à l'international, grâce aux deux compagnies d'hélicoptères qu'il avait pu engager. Son aisance et son charme naturel faisaient le reste. Parmi ses clients se trouvait une princesse qatarie d'une beauté époustouflante. Il devait prendre soin d'elle, elle avait payé d'avance une fortune pour l'avoir comme guide personnel. Il lui sourit tout particulièrement avant de se lancer dans son speech de bienvenue.

– Welcome ! Vous êtes venus ici en ayant confiance en notre leadership et vous ne serez pas déçus. Pour ceux qui auraient toujours un doute, je vous rappelle que le taux de réussite au sommet de l'agence *Summit Express* est de 100 %. Aucun concurrent ne peut se vanter de cet exploit. Regardez ! s'exclama-t-il en embrassant d'un geste les quinze sherpas bodybuildés aussi bien sapés que lui, qui patientaient en toile de fond. Vous êtes ici entourés de légendes vivantes ! Ces mecs-là ne vous laisseront jamais tomber en route. Ce sont des durs qui vous porteront sur leur dos s'il le faut ! Avec nous, avec *Summit Express*, votre succès est putain de garanti ! Et c'est Ashok Gurung qui vous le dit.

Les clients applaudirent à s'en rougir les mains, conquis par la *success story* de cet homme bien fait qui s'était construit tout seul. L'un de ses sherpas déroula l'écran blanc sur lequel allait être projetée une vidéo promotionnelle de l'agence qui leur mettrait à tous l'eau à la bouche. Après une tournée de selfies, il s'éclipsa dans la pièce à côté qui lui servait de bureau. Derrière la porte en simple toile, il entendait les murmures frustrés de ceux qui n'avaient pas eu leur photo. Tant mieux. Il ne fallait pas rester trop visible et facilement accessible ; les étoiles meurent vite si on les regarde trop longtemps dans les yeux.

***

La télé gueulait à plein régime à l'intérieur de la tente-bureau de l'ancien sirdar. Alex entra la première.

Affalé dans son siège, les pieds sur la table, cliché de patron, Ashok zappait de chaîne en chaîne tout en échangeant avec un homme qui tournait le dos aux nouveaux arrivants.

Les Chinois avaient eu une bonne idée pour une fois en installant ces trois antennes 5G sur l'Everest. Même si le dispositif n'était *a priori* que temporaire, les Népalais pouvaient en jouir allègrement sans se soucier des huit tonnes de matériel montées là-haut et qui devraient bien être descendues un jour.

– Le seul problème, c'est qu'on parle pas chinois. Ça serait quand même plus pratique pour suivre leurs jeux télé à la con.

L'homme qui avait parlé se retourna soudain, sentant une présence derrière lui.

– Mallory ?

– Petite !

Alex resta bouche bée. La dernière fois qu'elle avait vu Mallory, celui-ci venait de descendre de l'enfer glacé dans lequel était resté son père. À son retour au camp de base, seul et exténué, son coéquipier s'était terré dans un silence choqué après avoir appris qu'il était l'unique rescapé de la cordée. Alex en avait déduit qu'il avait abandonné le groupe. La seule information qu'elle avait été capable de retenir sur le moment, c'est qu'il les avait quittés vivants.

Mallory ne se leva pas tout de suite pour l'accueillir chaleureusement comme il l'aurait fait des années plus tôt. Il resta distant, suspendu sur son siège, comme s'il avait vu un fantôme.

– C'est pour quoi ?

Le ton brusque d'Ashok débloqua la scène figée. Comme agacé de n'être pas impliqué dans la partie de retrouvailles qui se jouait dans son propre bureau, il glissa le regard d'hôte en hôte. Alex n'éprouva aucun plaisir à le revoir ; elle ne l'avait croisé que quelques poignées de fois lors de son dernier séjour, mais elle se remémorait l'attitude hautaine voire méprisante de l'ancien sirdar à l'égard de ses sherpas. Il n'avait que très peu changé, si ce n'est que ses bajoues de batracien s'étaient avachies sur des maxillaires trop musclés à force de mâcher son impatience.

Mohinder se tourna vers Alex ; c'était à elle de parler. Elle attendit qu'Ashok baisse le son de la télé hystérico-chinoise pour lui exposer son projet d'emmener Mohinder lors de son expédition scientifique.

Lorsqu'elle eut terminé, Ashok tripotait sa télécommande, l'air contrarié.

– Pourquoi lui ?

– Parce que c'est mon ami.

La réponse avait fusé, surprenant Alex elle-même. Sauf qu'en tâtant son cœur, elle n'en trouva pas d'autre. Elle sentit le souffle ému de Mohinder sur sa nuque mais ne se retourna pas, gardant en visuel la réaction amusée d'Ashok qui semblait interroger Mohinder du regard. Des amis, lui ? Devant son mépris qu'il ne tentait même pas de cacher, Alex s'efforça au calme. Elle ne voulait pas lui donner une raison de refuser. Et une claque dans sa belle gueule pouvait en être une. Elle opta pour la discussion.

– J'ai besoin de lui, je paierai ce qu'il faut.

– Il coûte cher. Hein, Mohinder, que tu coûtes cher ?

Mohinder préféra garder le silence pendant que l'autre enfoiré la testait.

– Je paierai, je vous dis, martela-t-elle, mâchoire serrée.

– C'est bon.

Alex souffla intérieurement. Elle avait gagné son pari.

Ashok s'adressa à Mallory qui avait suivi la conversation comme on mate une balle de ping-pong :

– Toi, tu t'occupes des formalités. Mohinder, tu vas terminer ce qui doit l'être avant de commencer à préparer ta mission avec Mademoiselle.

– Bien, patron.

Ashok se leva pour sortir et, passant à côté d'Alex jusqu'à la frôler, lui dit à mi-voix :

– Si vous avez besoin de quoi que ce soit, vous savez où me trouver.

Une charge électrique insidieuse remonta le long de sa colonne vertébrale. Alex frissonna. Mohinder esquissa un petit geste de remerciement dans sa direction avant de suivre Ashok à l'extérieur. Une fois les deux hommes partis, Mallory, qui semblait avoir retrouvé sa liberté de mouvement, vint serrer Alex dans ses bras avant de prendre du recul pour la détailler tout entière.

– T'es une femme maintenant, petite, commenta son ancien équipier avec une moue appréciatrice.

Alex remarqua que les dernières années avaient tapé fort sur le visage autrefois jovial de l'Anglo-Népalais. Les muscles qui faisaient sa fierté avaient fondu comme neige au soleil et ses joues creusées laissaient supposer que le reste de son corps dissimulé par les habits XXL qui composaient l'uniforme « cool » de *Summit Express* avait beaucoup maigri. Après qu'ils eurent abordé les banalités d'usage, Alex se rappela qu'elle avait vu passer une info susceptible d'intéresser Mallory :

– J'ai appris que le corps de Grand George avait disparu. Il n'a pas été revu à l'endroit où on l'avait trouvé la dernière fois.

– Ça, c'est ce que les Chinois veulent bien nous faire croire, répondit-il, énigmatique. Ce sont eux qui ont nettoyé. Ils devaient trouver que ça salopait le paysage.

– Ils en ont le droit ? Sans demander à la famille ?

Mallory se gratta la tempe.

– Je ne suis pas mentionné parmi les descendants officiels. Mais ça devait représenter trop de paperasse pour eux, alors hop, on escamote le cadavre et on lisse la neige au fer à repasser pour faire joli.

– Comment tu le sais ?

– J'ai été demandé aux Chinois, tiens ! rétorqua Mallory, on ne peut plus sérieux.

Alex ne put s'empêcher de sourire. Il n'avait pas changé.

Semblant se rappeler la raison de sa présence, Mallory passa derrière le bureau pour lui présenter des formulaires administratifs qu'elle signa rapidement avant de demander :

– Alors maintenant, tu bosses pour notre ancien sirdar ?

– Tu sais, Ashok a inversé la tendance, ici. C'est un peu notre Messner à nous. Les agences locales ne sont plus les bouis-bouis de l'époque et, surtout, nous ne servons plus de main-d'œuvre bon marché aux agences occidentales. On a repris le leadership, conclut-il en reprenant mot pour mot l'expression de son patron. D'autant qu'on a une grosse expédition sur le feu : c'est nous qui sommes chargés d'emmener le ministre Upadhyaya au sommet !

Alex se redressa, immédiatement aux aguets, et Mallory crut y voir de l'enthousiasme :

– Ouais ! renchérit-il, pas peu fier. Bon, le vieux à quatre-vingts balais, donc faudra sûrement le porter sur l'intégralité de l'ascension. Ça sera pas pire que les culs-de-jatte occidentaux qui, pour se prouver que la vie sans jambes est possible, décident de monter là-haut à la force des bras. Quand on a les jambes de dix sherpas pour soi, forcément, ça aide.

– Sûrement. Mais toi, pourquoi es-tu resté ?

Mallory haussa les épaules :

– Pourquoi aller ailleurs ? Ici, j'ai un boulot et ma pension de Gurkha ne me suffisait pas pour rester vivre en Angleterre.

– Tu as un boulot car Dawa s'était fait dégager par Ashok Nouvelle Star. Je l'ai retrouvée, mendiant dans les rues de Katmandou, et maintenant, elle a disparu.

Mallory devint rouge écarlate.

– Disparu, tu dis ?

– Elle a sûrement été enlevée, pour être exacte.

Mallory cligna lentement des paupières, comme pour essayer d'ingérer ce mot trop grand pour lui. Sembla décider que ce n'était pas ses affaires et attrapa un carnet de notes qui traînait sur le bureau.

– Tu m'excuses, j'ai du boulot.

– Ça ne te regarde pas, c'est ça ? s'énerva Alex.

Mallory referma le cahier sur lequel il travaillait et lorsqu'il planta ses yeux dans les siens, toute gêne avait disparu. Y affleurait plutôt une tension lasse.

– Pourquoi tu es revenue, petite ? Je veux dire, *vraiment* ?

– Arrête de m'appeler « petite » ! La petite est morte avec son père, là-haut !

Alex balaya d'un grand geste rageur tout ce qui se trouvait sur le bureau et un cadre vola dans les airs pour venir se fracasser à ses pieds. Derrière le verre brisé, une photo attira son attention. Elle attrapa le cliché et l'observa attentivement. Ça ne pouvait pas être un hasard. Elle sortit son smartphone de sa poche et prit une photo de l'image imprimée.

– Ne t'en mêle pas, Alex, gronda Mallory en lui arrachant le document des mains avant de le ranger dans un tiroir.

Une nuance de supplication couvait sous la mise en garde.

– On me l'a déjà dit. Et déjà, la première fois, j'en ai rien eu à foutre, jeta Alex avant de tourner les talons.

Dans son dos, Mallory frappa du poing le bureau vide.

– Et merde !

***

À la suite de son entrevue houleuse avec Mallory, Alex était descendue à Gorak Shep où l'attendait Gotam. Nilambari étant encore à l'école, ils s'installèrent confortablement sur les coussins posés à même le sol du petit salon. Alex s'empressa de rapporter à son ami la conversation qu'elle avait eue avec l'agent logistique. Elle termina en lui montrant la photo prise avec son téléphone.

Six militaires en treillis, mitraillette en bandoulière, prenaient fièrement la pose devant un objectif complice.

Alex zooma sur l'un des soldats qui souriait de travers. Ashok.

– Le militaire dont parlait Dawa ? avança Gotam.

– Peut-être que oui, peut-être que non. Ashok a été viré de l'armée trois ans après cette photo.

– Comment tu sais ça ?

– J'ai fait quelques recherches internet sur la route, en venant ici, expliqua Alex en lui tendant son téléphone. Regarde la deuxième photo de l'article.

Gotam lu à haute voix la légende qui accompagnait le cliché d'un homme en uniforme d'apparat :

– La retraite bien méritée du colonel Gurung.

– C'est le père d'Ashok. Militaire, lui aussi. Mais l'information qui nous manquait, c'est celle-là, fit Alex en balayant du doigt l'écran tactile qui s'arrêta sur une nouvelle photo.

Le père d'Ashok, en costume traditionnel cette fois, posait bras dessus bras dessous avec un homme que Gotam reconnut au premier coup d'œil. L'ancien ministre du Tourisme, Shipendra Upadhyaya.

– Un vieil ami de la famille, à ce que je vois.

La porte s'ouvrit brusquement, interrompant la discussion.

– Alex ! Te voilà !

Nilambari l'accueillit aussi chaleureusement que la première fois, sept ans plus tôt, mais son regard avait changé. Des petites rides tristes étaient apparues au coin des yeux de la jeune quadragénaire. Après les avoir serrés tous les deux dans ses bras, elle se rua vers ses fourneaux pour leur préparer un festin avec les maigres victuailles qu'elle avait provisionnées pour leur venue.

Quand Alex lui annonça qu'elle avait embauché Mohinder pour monter avec elle, Nilambari eut une réaction compréhensible de joie et de peur mêlées. Elle avait déjà perdu un frère sur la montagne, il était hors de question qu'elle y perde aussi son mari. Néanmoins, elle était reconnaissante à Alex de le sortir des cuisines dans lesquelles il tombait peu à peu en dépression et ce salaire plus décent allait pouvoir les faire respirer un moment. Sa paye d'institutrice dans la nouvelle école du village était tellement maigre que Nisha, sa fille, s'était proposée pour travailler elle aussi au camp de base. Depuis, Nilambari se retrouvait très souvent seule, surtout pendant la haute saison, et cette solitude commençait à lui peser.

– D'autant que Nisha ne va pas tarder à se marier, annonça-t-elle, en fronçant les sourcils. Enfin, je l'espère. J'ai prévu de rencontrer son prétendant demain, pour accélérer les choses. Il n'a pas l'air de vouloir concrétiser et Nisha refuse qu'on aborde le sujet.

– Qui c'est ? Je peux y aller moi, si tu veux, proposa Gotam.

– Je ne l'ai jamais vu, mais je sais qu'ils travaillent ensemble. Il s'appelle Ashok.

***

Il faisait encore nuit quand Alex et Mohinder quittèrent le camp de base. Le sherpa, bardé du lourd matériel de forage, avançait d'un pas tranquille à travers les séracs du glacier du Khumbu. Dans son dos, Alex pouvait sentir sa respiration profonde et apaisée. Mohinder semblait heureux de retrouver la montagne. Tant mieux. Alex, elle, ne pensait qu'à son père. À l'époque, pour la consoler, on lui avait dit que la montagne était le plus beau des tombeaux ; beaucoup d'alpinistes, d'ailleurs, émettaient le souhait de ne pas être descendus, en cas d'accident mortel. Alex connaissait son père. Et lui n'aurait pas voulu rester là, à poser pour le spectacle. Aussi, la veille, elle avait entré dans son GPS les coordonnées de l'endroit où il avait certainement disparu. La zone était large, elle n'avait qu'une chance infime de tomber sur lui. Et quand bien même elle le retrouverait, aurait-elle seulement le courage de le regarder ?

VESTIGES

Gotam adorait Nilambari. Elle qui s'était toujours occupée de lui, en petite mère protectrice et aimante. Par sa bonté et son rire, elle avait réussi l'exploit d'estomper la douleur de la mort brutale de leurs parents. Elle avait tout pris sur elle, alourdissant sa jeunesse sacrifiée par le hasard. Les colères, les pleurs et les baisers. Elle avait tenté, par tous les moyens, de lui rendre la vie plus douce. Avant la guerre.

Lorsque Nilambari lui avait fait part de sa volonté d'aller trouver Ashok pour lui parler de Nisha, Gotam l'avait prudemment mise en garde. Ashok était un sale type, trop vieux pour sa nièce. Mais Nilambari ne voulait pas risquer de s'embrouiller avec sa fille ; plus elle grandissait, plus elle développait un caractère tempétueux et impulsif. Si c'était son choix, ils devaient le respecter. Ce qu'elle voulait en tant que mère, c'était mettre les formes pour que Nisha ne soit pas considérée comme une fille facile. Qu'il ne soit pas dit que leur famille était définitivement noyée dans le déshonneur. Nisha inverserait la donne, remettrait les compteurs à zéro et l'on oublierait alors ce que beaucoup ne faisaient que supposer. Que sa mère était une prostituée.

Nilambari n'était jamais allée sur le camp de base, pour elle, c'était la place des hommes de sa famille. Aussi, quand elle se mit en route sur le sentier, Gotam décida de la suivre à distance. C'était à lui de protéger sa sœur aujourd'hui et quiconque la regarderait avec les mauvais yeux apprendrait que les ombres de certaines femmes sont capables de frapper.

Il l'observait devant lui, son châle coloré ondulait sur sa robe longue bousculée par le vent. On eût dit une déesse. Foudroyée. Sa jambe raide, masquée par les lourds tissus, lui faisait une démarche à la grâce claudicante qui lui arrachait les larmes d'une rage intacte. La beauté blessée, marquée au fer rouge par la balle restée dans sa cuisse. Quand elle s'annonça devant la tente de l'agence *Summit Express*, il entendit sa voix qui portait, vibrante et déterminée. Après qu'elle eut disparu entre les pans de toile qui formaient la porte, il s'assit sur un bidon de transport qui traînait là et attendit son retour, un malaise grandissant entre ses côtes.

***

Un sherpa l'accueillit sur le seuil de la grande tente. D'un signe de tête, il lui désigna le bureau du chef d'expédition, situé derrière l'écran de projection sur lequel figurait encore la dernière photo d'un diaporama. Nilambari y jeta machinalement un coup d'œil. La mise au point était faite sur un pouce en l'air de la victoire avec, au second plan, la silhouette floue d'Ashok qui souriait, ses dents blanchies par la réflexion de la neige contrastant avec sa peau brûlée par le soleil.

Le sherpa lui avait emboîté le pas, tout en la détaillant curieusement – on n'en voyait pas beaucoup, des femmes comme ça, sur le camp, elle détonnait dans son costume traditionnel, on aurait dit sa mère. Il manqua de la percuter lorsqu'elle se figea devant l'écran géant.

– C'est par là, dit-il, obligeant, en passant devant elle.

Il appuya sur la télécommande du rétroprojecteur qui s'éteignit et tira sur le bas de l'écran qui remonta jusqu'au plafond. Il appela :

– Patron, quelqu'un pour vous.

Nilambari n'avait pas bougé. Un tremblement incontrôlable s'était emparé de son corps et elle oscillait au milieu de la pièce, cherchant à tâtons un élément tangible auquel se raccrocher. Les synapses de son cerveau se rompaient une à une, dans des bruits de micro-claquements électriques qui l'empêchaient volontairement de penser.

Des pas résonnèrent et Ashok apparut dans l'embrasure de la porte.

Nilambari ouvrit grand la bouche.

Mais c'étaient ses yeux qui criaient.

– Nilambari ! Attends !

Sa sœur était sortie de la tente d'Ashok en filant droit devant elle comme si elle était poursuivie, pour bientôt s'évanouir dans la forêt de tentes sans même un regard pour Gotam, qui l'appelait pourtant. Ashok avait-il refusé la proposition de mariage ? Il devait en avoir le cœur net et pénétra à son tour dans la tente que Nilambari venait de quitter.

– Que s'est-il passé avec ma sœur ?

Ashok, alors en pleine discussion avec le sherpa, s'interrompit pour le dévisager. Ils ne s'étaient que rarement vus jusqu'ici mais ce qui revenait aux oreilles de Gotam à son sujet l'avait toujours incité à garder ses distances. Jusqu'à aujourd'hui.

Une lueur amusée s'alluma dans le regard de l'ancien sirdar d'Aniruddha :

– C'était donc ta sœur ?

Gotam hocha la tête avec impatience. Ashok haussa les épaules :

– Elle est partie avant même de dire quoi que ce soit.

– Quoi ? Et pour le mariage…

– Quel mariage ? interrogea Ashok, le sourire à l'envers.

Une clameur s'éleva à l'extérieur quand Mallory entra précipitamment dans la tente, les interrompant :

– Le ministre Upadhyaya vient d'atterrir !

À l'évocation du nom de celui qui avait pourri son frère, même dans sa mort, Gotam s'efforça de maîtriser ses nerfs et guetta la réaction d'Ashok. Ce dernier s'épousseta pour la forme et Gotam sentit qu'il forçait son enthousiasme lorsqu'il s'exclama à son attention :

– Nous poursuivrons cette discussion plus tard, allons accueillir ce cher Shipendra !

De toute évidence, l'union entre les deux hommes avait été consommée et recrachée, salement.

L'accueil en grande pompe de l'ancien ministre du Tourisme occupait toutes les conversations du camp. De nombreux officiels avaient débarqué pour assister à l'événement et une fanfare jouait faux et fort une musique pop reprise en chœur par les touristes, heureux de cette fiesta improvisée.

Gotam leva les yeux vers la montagne et la file qui s'étalait en discontinu entre les camps. Il faisait beau depuis quelques jours et une première vague d'alpinistes s'était mise en route, ouvrant ainsi officiellement la haute saison. Alex et Mohinder, partis pour les prélèvements de glace, devaient être dans la caravane. Il la chercha du regard et se surprit à sourire en pensant à elle, à son air buté et à son sourire de louve d'avant-déluge. Elle l'avait touché, lui qui traversait la vie en passeur d'entre-deux-eaux du Styx, elle s'était laissée attirer à bord de sa barque, sans un regard vers la rive rassurante qu'elle avait toujours connue. Il admirait son courage. Rare. D'habitude, il n'admirait personne. Et sûrement pas le ministre, assailli de mains tendues qui passa devant lui à ce moment précis.

Upadhyaya fut le premier à remarquer cette main ostentatoirement laissée pendue le long du corps de cet homme aux cheveux longs, dans un refus de salut. Et ce regard de pur dégoût qui le transperça au travers les mèches noires. Il y répondit, armé d'un sourire bienveillant. Il en avait vu d'autres.

Mais il ne l'oublierait pas.

***

La première nuit qu'Alex avait passée sur la montagne avait été terrible. Inconsciemment, elle cherchait, dans les murmures des tentes qui entouraient la sienne, les voix de ses compagnons disparus. Pour n'y rien reconnaître. Parfois, un rire la faisait se redresser dans son duvet et elle devait se convaincre elle-même que Paola n'y était pour rien. Ce rire-là sonnait comme un faux grossier de celui de son amie, léger et chantant. Elle avait fini par mettre des boules Quiès, assourdissant les ronflements devenus obscènes des bienheureux qui dormaient là. Mais les images refoulées étaient revenues à la charge derrière ses yeux fermés. C'était à cet endroit précis, au camp 2, qu'elle avait vu son père pour la dernière fois.

À partir du camp 3, l'itinéraire avait mué en une longue file d'attente où chacun s'épuisait de lenteur. Las de rester bloquée derrière une cordée argentine qui n'avançait pas, Alex avait suggéré de se détacher de la corde fixe et de grimper tout à côté. Ils avaient ainsi gagné cinq heures d'ascension et étaient finalement parvenus au camp 4 en un temps record. Ils avaient grimpé vite et leurs organismes commençaient à accuser le coup du manque d'oxygène mais Alex avait fait le choix de la rapidité et donc opté pour une acclimatation expresse. Elle ne voulait pas rester plus que nécessaire, juste le temps de faire ses relevés sur les stations météo et de ponctionner deux carottes de glace sur le retour. Elle avait compté quatre jours.

Au matin du troisième jour, alors qu'ils redescendaient de la station météo du col sud en direction du camp 3, Alex vérifia les coordonnées qu'elle s'était fixées pour carotter. 7 500 mètres. Elle fit signe à Mohinder qu'ils étaient arrivés au bon endroit. Le sherpa se détacha de la corde de descente pour la suivre à l'écart.

– Ici, ça me paraît bien, lui dit-elle, essoufflée par la descente rapide.

Ils s'étaient fixé deux heures, maximum, pour effectuer le prélèvement. Passé ce laps de temps, l'effort physique que requerrait la manœuvre de carottage devenait trop intense pour cette altitude-là, même avec les deux bouteilles d'oxygène qu'ils avaient emportées.

À l'aide de sa pelle rétractable, Mohinder commença à dégager la neige fraîche pour obtenir un échantillon de la glace figée deux mètres en dessous la surface, tandis qu'Alex sortait la foreuse et détachait le lourd tube d'acier du carottier arrimé à un flanc de son sac. Elle répéta les gestes familiers en vissant les trépans sur la tête de perçage ainsi que la foreuse à l'extrémité du tube qui recueillerait la glace.

Une fois que Mohinder eut terminé de dégager la zone de prélèvement, Alex s'approcha, munie de sa machine ainsi assemblée. Elle pria intérieurement en maintenant verticalement le tube des deux mains, prête à pousser : la première morsure de la foreuse dans la glace était décisive pour que l'opération soit un succès. Réoxygénant ses muscles à l'aide d'une grande inspiration, elle appuya sur l'amorce et commença à forer.

Ce n'est qu'au bout de quelques secondes qu'elle sentit que quelque chose clochait. Aussi doucement que possible pour que la carotte de glace reste dans l'axe dans lequel elle avait creusé, elle inversa le sens de l'appareil. Mohinder, qui avait noté l'interruption précoce de la manœuvre, se rapprocha pour récupérer le petit cylindre de glace récolté dans le carottier afin qu'Alex puisse déposer la lourde machine au sol, sans abîmer l'échantillon.

– On a un problème.

Dans les mains de Mohinder, la glace était striée de lambeaux. Des vêtements. Alex eut un haut-le-cœur qu'elle ravala douloureusement. Une chance infime, elle avait une chance infime…

Fébriles, ils s'emparèrent de leurs pioches et, creusant et raclant, cassèrent la première couche glacée à l'endroit du forage. Un corps gelé apparaissait peu à peu sous leurs efforts de plus en plus forcenés. Alex se fit la réflexion : qui que ce soit, il était bien trop tard. Elle ne pouvait pas expliquer l'urgence avec laquelle ils agissaient. Qui voulaient-ils sauver, ici ?

Ils dégagèrent une première jambe, puis une seconde qui formait un angle bizarre, comme catapultée dans le mauvais sens. Lorsqu'ils arrivèrent au visage, Mohinder s'éloigna pour vomir. Alex, elle, ne pouvait détacher son regard de la figure aux yeux ouverts.

Des yeux comme étonnés de revoir ainsi le ciel.

Après l'avoir gardé pendant sept longues années, la montagne avait décidé de recracher le corps d'Aniruddha. Une tache écarlate formait une cible à la place du cœur.

DES CENDRES

– Alors c'est comme ça que ça s'est terminé pour lui…

Gotam palpa son cœur qui battait la chamade, toujours sous le coup de la révélation. Il était à la fois horrifié et soulagé. Après toutes ces années à avoir été traînée dans la boue, la mémoire d'Aniruddha allait être réhabilitée. Il n'était pas responsable de la mort de ses clients, ça, on le savait déjà. Mais il avait été délibérément empêché de les sauver.

Les mots d'Alex tournaient en boucle dans son esprit. Un silence épais s'était abattu dans la chambre du lodge qu'elle occupait. Sa mission scientifique terminée, elle logeait désormais à Gorak Shep. Il avait guetté son retour, sans jamais s'attendre à la terrible nouvelle qu'elle rapporterait. Aniruddha avait été assassiné, probablement d'un coup de piolet en plein cœur.

Gotam se prit la tête dans les mains :

– Ashok ?

– Il était à Katmandou ces jours-là.

– Ça, c'est ce que Dawa a bien voulu nous dire et on sait grâce à Crawley qu'elle était impliquée dans le sabotage.

Leurs cerveaux fonctionnaient à toute allure, retraçant l'histoire avec le peu d'éléments dont ils disposaient.

– L'ordre venait peut-être d'Upadhyaya ?

– En tout cas, c'est lui qui a placé Ashok sur le chemin d'Aniruddha.

– Je ne vois pas l'intérêt d'Ashok là-dedans...

– Il en devait une à Upadhyaya qui l'a planqué ici après la guerre.

– Les sherpas qui nous ont lâchés au dernier moment, ceux qui ont utilisé le prétexte de la Puja ratée, ils devaient être dans le coup. En ce qui concerne le lama, c'est sûr.

– Sauf Dorje et Sam.

– Dorje est mort. Il a été retrouvé peu de temps après, au pied de la paroi du Lhotse.

– Et Sam ?

Alex secoua la tête. Sam avait disparu dans la nature, elle n'avait plus entendu parler de lui.

– Mohinder sait peut-être quelque chose à son sujet, supposa Gotam.

Peu à peu, la pensée que son père était promis à une mort certaine avant même de monter s'insinuait douloureusement dans l'esprit d'Alex. Ils étaient tous des dommages collatéraux d'un sabotage en bonne et due forme duquel elle avait réchappé. Elle et aussi... Mallory.

– Quand est prévue l'expédition d'Upadhyaya ?

– Dans trois semaines. Elle clôture la saison.

Leurs regards se croisèrent, habités, flamboyants des braises ravivées de leurs morts. La même idée commença à germer dans leurs cerveaux trop longtemps tourmentés. Ils allaient demander réparation. À leur façon.

À travers la fenêtre du lodge, l'Everest les surplombait, encore, toujours.

Pour une fois la montagne n'y était pour rien.

***

Mohinder tenait encore dans sa main le papier rédigé par Nilambari quand Gotam entra en trombe dans la maison.

– Tu es là ! Où est Nilambari ? Tu lui as dit pour Aniruddha ?

Les yeux de détresse de son oncle l'alarmèrent dans la seconde. Il répéta sa question, d'une voix pressante qui devinait déjà :

– Mohinder, où est ma sœur ?

D'un signe vague de la main qui retomba mollement sous l'effort même du mouvement, Mohinder lui désigna la chambre à coucher. Il ne pouvait plus parler.

***

Il l'avait aimée dès son plus jeune âge, avant même de savoir ce qui définissait l'amour. Autour de lui, il n'y avait que des mariages arrangés, des alliances de raison et entre castes. Mais l'amour, ce grand mot dont tout le monde parlait à voix basse sans le vivre jamais dans son ventre, était-ce cette envie qu'il avait de la voir à chaque instant, de l'observer se mouvoir dans le monde ? Était-ce la peur qu'il avait de la regarder elle, comme un voyeur malhabile qui se fait prendre les yeux dans le sac ? La peur qu'elle croise son regard et qu'elle y démasque ce quelque chose qui, soit les figerait dans la gêne, soit les déploierait ensemble, tels deux faucons qui goûtent le ciel ? Il se sentait gauche, débile, colosse aux mains d'argile. Il n'avait jamais su lui dire son amour en fugitif, gardant pour lui ses sueurs et ses tremblements. Il était resté caché, ombre de son ombre, semant parfois, sur les chemins qu'elle empruntait, des fleurs anonymes au goût d'excuse. De ne pas savoir parler. Et elle n'en avait jamais rien su. Pour elle, c'était un frère, un camarade. Il ne serait jamais l'amant. Qui pourtant aurait tué pour elle. Sa jolie hirondelle.

Le jour où les soldats étaient venus la prendre, il était arrivé trop tard. Ils l'avaient déjà emmenée. Alors sans réfléchir, le cœur déchiré d'avance, il était parti à leur poursuite, à pied. Il avait marché pendant trois mois, aidé par les villageois des hameaux environnants qui lui indiquaient la position des différents camps communistes avant de vite rentrer chez eux, effrayés par ce géant triste et presque muet. Il n'avait sur lui qu'un couteau, et sa haine qui le protégeait du froid, de la faim et de la fatigue. Rien ne tient mieux un homme debout que la rage ou l'amour, et il avait les deux. Vivante ou morte, il la ramènerait ; c'était la promesse qu'il lui faisait toutes les nuits, avançant sous le couvert des arbres qui le regardaient de haut, rampant parfois à même ce sol qui lui écorchait les coudes et dont l'humidité lui trempait les os, pourchassant les rafales de balles qui le guidaient vers elle.

Il était arrivé après la bataille. Les débris fumants des cabanes incendiées s'écroulaient par à-coups, sous les rires des hommes qui assistaient au spectacle. Ceux en uniformes faisaient partie de l'armée régulière, d'autres, en civil, ceints de cartouches, étaient des mercenaires. À leur vue et pour la première fois, il éprouva de la peur. Ces individus sans foi ni patrie n'ont jamais rien à perdre à semer le chaos. Pire, ils en jouissent. Il avait attendu l'aube en serrant son couteau, tapis dans les fourrés qui entouraient le camp, que les derniers hommes s'en aillent, abandonnant un champ de ruines et de cadavres encore chauds.

Il l'avait trouvée parmi les morts. À moitié nue, elle baignait dans un sang qui n'était pas le sien. Ce n'est que quand il l'avait extirpée de la fange qu'il avait senti le souffle infime qui s'enfuyait entre les lèvres bleuies de coups. Reprenant espoir, un espoir fou, il l'avait allongée sur de la paille et avait examiné son corps avec toute la douceur dont il était capable. Voyant la blessure par balle à la jambe, il lui avait fait un pansement avec ce qui restait de sa chemise de voyage, détournant pudiquement les yeux de sa poitrine offerte au vent ensanglanté. Il l'avait bordée d'une couverture et ils étaient restés comme ça, lui la berçant comme une poupée qui dépassait à peine de son giron, et elle sans connaissance, oublieuse du monde qui l'avait trahie.

À part le trou dans la jambe par lequel la balle était entrée, elle paraissait intacte. Mais lorsque ses yeux avaient émergé des brumes dans lesquelles elle nageait depuis des heures pour se briser dans les siens, il avait compris que son corps ne lui appartenait plus. Il avait été pris par un autre. Un autre qui l'avait laissée pour morte, croyant l'achever d'une balle ivre qui ne l'avait pas tuée. Et, comble du pire, quelques mois après leur retour dans la vallée, Nilambari portait en elle le germe de son bourreau. C'est à ce moment qu'il avait pleuré. Ayant perdu sa virginité hors mariage, Nilambari serait reniée, humiliée et promise à l'exil. Mohinder ne pouvait pas le supporter. Devant le non-choix qui s'offrait à elle, elle avait accepté sa proposition désespérée. Ils allaient se marier. Il se ferait passer pour le père de l'enfant, ils l'élèveraient ensemble et tout ou presque serait normal. Aux yeux des autres.

Depuis, ils avaient réussi à vivre dans une douceur relative et ils s'aimaient, mais pas de la même façon. Il avait appris à se contenter de n'être que le mari et père de façade. Elle vivait avec lui, ils avaient une fille qu'il voyait presque tous les jours. Il avait enfin tout ce dont il avait jamais rêvé. Et tout était faux. Ils étaient prisonniers. Lui, de cet amour qu'il n'avait jamais su étreindre et elle, de sa vie qui ne tenait qu'à un fil tissé de mensonges.

Gotam se dirigea vers la porte restée entrouverte avec l'impression que chacun de ses pas le rapprochait du vide. Il poussa lentement le battant. Nilambari était étendue sur son lit, les mains jointes dans une prière passée. Parées de ses plus beaux bijoux pour accueillir la mort.

***

Le bûcher fut dressé à côté de la petite école de Gorak Shep, où Nilambari enseignait. Au sein de la foule rassemblée pour un dernier hommage à cette mère, sœur et voisine, les prières des brahmanes se mêlaient aux murmures de tristesse et d'incompréhension. Comment Nilambari, si douce, si appréciée de tous, avait-elle pu faire ça ? Les réponses, pour le moment, ne viendraient ni de son mari, ni de son frère, tous deux muets et statiques depuis des heures face à la femme allongée, revêtue de blanc. Ils n'avaient plus rien à pleurer.

Les brahmanes terminèrent leurs prières et firent signe à Mohinder. C'était l'heure. Ce dernier se tourna vers Gotam, une lueur de supplication dans ses yeux paniqués. Il ne pouvait pas. Il ne voulait pas. Il n'en avait pas la force. Gotam s'avança à sa place, s'empara au passage de la torche enflammée qu'un bouddhiste lui tendait et sauta d'un bond sur le bûcher. À la vision de son ami, debout, les yeux rivés sur le corps de sa sœur qui reposait à ses pieds, ses cheveux fous battant au vent et le feu qui rugissait dans son poing fermé, le cœur d'Alex manqua d'exploser. De colère, de compassion et d'amour mêlés. La beauté résidait partout, y compris sur les bûchers.

Après un dernier regard à Mohinder qui s'efforçait de garder les yeux ouverts, il abaissa la torche sur les fagots de bois qui bordaient sa sœur. Bientôt, les flammes se transformèrent en brasier, illuminant son regard de telle façon que l'on raconterait longtemps qu'on aurait dit le diable.

Et Nilambari brûla.

Le feu qui enflait peu à peu se mit à réchauffer les joues mouillées de Nisha. Elle imaginait l'âme de sa mère s'élever parmi les volutes. Et lui demanda pardon. C'était sa faute. C'était forcément sa faute. La dernière fois qu'elle lui avait adressé la parole, c'était pour l'envoyer chier. Nilambari voulait qu'elle se marie. Et elle, avec la rage de sa jeunesse qu'elle portait fièrement en bandoulière, avait catégoriquement refusé. Avec son éternel dédain envers le poids de la tradition qui voûte le dos et fait baisser les yeux. Ce dédain renvoyé en miroir face à la dignité de sa mère qui s'en était retrouvée petite et démunie. Elle avait détesté cette vision. Nilambari ne l'avait pas élevée comme ça. Elle lui avait appris qu'être née femme était une force et un fardeau mais que la force devait toujours l'emporter. La force de l'amour, avant tout. Et Nisha, qui avait suivi son cœur, et à la lettre les conseils de sa mère, s'était retrouvée trahie. Nilambari s'était obstinée à aller trouver Ashok, contre sa volonté. C'est Gotam qui le lui avait dit. Qu'est-ce qui lui était passé par la tête, à cette femme libre et combattante, pour avoir eu ce réflexe aliénant qu'est celui du mariage obligé ? Parce qu'elle était sa fille ? Ou que Mohinder n'était pas son père ? Bien sûr qu'elle le savait, elle n'était pas débile. Derrière les mains perpétuellement tremblantes de cet homme qui avait tant bien que mal essayé de l'élever, elle avait senti, petite, la résistance d'un cœur qui n'était pas de son sang. Elle avait fait avec, sa mère en compensation. Cette mère, dont le geste désespéré révélait aujourd'hui la faute passée et qui avait préféré s'échapper dans les limbes plutôt que de voir sa propre fille réitérer ce qu'elle pensait être une erreur. Alors que c'était juste la vie.

Nisha avait vingt ans et déjà le poids d'une mort par désertion.

Une heure plus tard, alors que la foule commençait lentement à se disperser, un hélicoptère survola la zone pour venir se poser non loin du monticule enflammé. Ashok en descendit le premier, suivi du ministre Upadhyaya ainsi que du garde du corps de ce dernier qui marchait dans son ombre. Upadhyaya logeait dans le plus récent lodge du village, terminé depuis peu et à destination d'une clientèle VIP. Ils avaient passé la journée au camp 1 pour que le vieil homme s'acclimate correctement en vue de son expédition. Ils en descendaient tout juste, par la voie des airs, la plus rapide.

Si le vieux politicien parut intrigué par la cérémonie funéraire qui se terminait, il le fut davantage par cette jeune femme en larmes qui, au bout d'une course effrénée, vint trouver refuge dans les bras d'Ashok. Entre les sanglots, il comprit que c'était sa mère qui brûlait là-bas. Après un regard à son chef d'expédition qui hocha la tête, l'air désolé, pour lui signifier qu'il le rejoindrait vite après s'être occupé de ça, Upadhyaya s'éloigna en direction du lodge, son garde du corps sur ses talons.

À quelques mètres de là, Alex et Gotam se concertèrent du regard : c'était maintenant ou jamais. Ils rattrapèrent le ministre alors que l'hélicoptère redécollait vers le camp de base. Ashok les suivit des yeux sans pouvoir bouger ; Nisha toujours vissée à lui comme on se raccroche à la falaise. Gotam se présenta face au ministre, en lui tendant une main moite :

– Gotam. Le petit frère d'Aniruddha Tamang.

– Bien sûr, je vois, acquiesça gravement le ministre en répondant à son salut.

– Son corps est réapparu sur la montagne.

– Le corps d'Aniruddha ?! Comment est-ce possible…

Alex, dans son rôle d'observatrice silencieuse, chopa l'éclair de lucidité qui figea un court instant le visage rond et jovial d'Upadhyaya. Le ministre gagnait du temps. Elle pouvait presque entendre les rouages de son cerveau tourner à toute allure. Notant cela dans un coin de sa tête, elle seconda Gotam pour l'explication :

– Je l'ai retrouvé lors d'une mission au cours de laquelle j'effectuais des prélèvements de glace vers le camp 4. Je suis glaciologue, précisa-t-elle pour la forme.

– Je veux descendre le corps de mon frère. Il a droit à des funérailles, comme ma sœur aujourd'hui, fit Gotam en désignant le bûcher derrière eux.

Upadhyaya haussa les sourcils.

– Il est très compliqué de descendre un corps du camp 4. C'est long et coûteux. Une opération de ce genre nécessite du personnel et, la fin de saison approchant, il n'y a plus beaucoup de sherpas disponibles. En tout cas, c'est ce que j'ai entendu dire. Je ne vois pas bien comment rendre la chose possible.

Gotam se racla la gorge :

– Il y aurait bien une solution.

– Je vous écoute.

– Je monte avec vous. Votre équipe est déjà prête pour l'expédition. Vous pouvez vous séparer d'un ou deux sherpas au niveau du camp 4. Ils m'aideront à descendre le corps de mon frère pendant que vous poursuivrez l'ascension. Qu'en dites-vous ?

Upadhyaya sembla peser le pour et le contre de ce changement de programme. Alex et Gotam, suspendus à ses lèvres, luttaient pour ne pas dévoiler leur impatience. Le visage du ministre finit par se détendre, imperceptiblement.

– Ma foi, puisque vous avez déjà pensé à tout, je ne vois aucune raison de vous refuser cette faveur.

Gotam s'inclina, dissimulant ainsi le sourire aiguisé de sa pauvre victoire :

– Merci, Monsieur le ministre.

Mohinder gardait les yeux rivés sur le bûcher où son amour s'évaporait en fumée noire. Il laissait la haine entrer en lui et prendre toute la place ; il n'avait plus d'espace pour rien d'autre que cela. La haine. Nilambari ne le protégerait plus jamais. Pas même de lui-même. Il gardait ses poings à l'intérieur de ses poches, ses ongles creusant profondément ses paumes en stigmates sanglants et apocryphes. Mentalement, il était en train de tuer. De se tuer d'abord, pour mieux tuer ensuite. Il vit Nisha courir, il vit Nisha sauter dans les bras de son amant. Il se détourna vivement. C'était trop, trop pour lui tout seul. Il se pencha pour vomir. S'essuya les lèvres de sa manche et chercha Gotam des yeux.

Ce dernier vit son oncle blanc comme un linge arriver droit vers lui. Et alors qu'il lui racontait qu'il avait réussi à convaincre Upadhyaya de l'emmener, Alex elle, l'observait d'un air inquiet. Mohinder semblait en proie à une douleur plus grande que la perte de sa femme. Ses yeux noirs brillaient d'une fièvre qu'elle ne connaissait que trop bien.

– Mohinder, qu'est-ce qu'il se passe ?

Gotam baissa les yeux sur le papier que son oncle lui tendait sans un mot. Il déplia lentement la note ensanglantée. Et il lut. Une première fois, une deuxième fois. La belle écriture de Nilambari tranchait avec la violence insoutenable qui résidait dans les mots qu'elle avait tracés pour eux. L'identité de celui qui l'avait violée à la guerre, vingt ans auparavant. Un ancien soldat devenu chef d'expédition. Ashok Gurung.

– Je viens avec toi, là-haut.

La voix rauque de Mohinder ramena Gotam à la réalité et il détacha son regard de la vérité de sa sœur pour le fixer sur son bourreau, non loin de là.

– Il n'y a pas de hasard. Il n'y a que ce que l'on fabrique de ses propres mains.

***

Alex avait compris depuis longtemps qu'elle n'atteindrait jamais la légèreté. Elle était lestée, avant même sa naissance, du poids d'un monde mourant qu'elle ne pourrait jamais sauver. Petite, elle avait bien fait semblant de s'essayer au bonheur des autres, ceux qui avaient le rire pour réflexe et la moquerie pour protection. Mais ses poumons plombés ne lui permettaient qu'un seul éclat. Ensuite, elle s'étouffait. De ne pas rire correctement, elle avait peur que ça finisse par se voir. Alors elle s'enfuyait, en déserteur, dans la montagne. Seule la nature, son refuge, arrivait à clore ce troisième œil avec lequel elle s'auto-jugeait inapte à la vie. Elle se défonçait les cuisses sur les sentiers, et en même temps qu'elle montait, elle désespérait de la beauté et la cherchait partout sans la trouver toujours. Parfois, des larmes se mettaient à couler sans qu'elle y puisse rien, dépassée par cette quête d'absolu dont l'essence même la faisait à la fois tenir debout et mourir un peu. Et sa rage se déployait, vive et flamboyante, orgueil humanoïde en lutte contre la fatalité de n'être, finalement, rien. Pour ne pas sombrer, elle s'était mise à grimper, de plus en plus haut. Perchée sur les sommets, elle dispersait sa colère comme d'autres dispersent des cendres.

Quand leurs regards s'étaient vrillés l'un à l'autre, sept ans auparavant, elle avait reconnu son frère de colère. Elle qui se noyait dans l'effort pour éviter de se tuer, et lui qui se découpait le corps pour se sentir vivant.

Lorsqu'il lui caressa la joue, elle embrassa les cicatrices oubliées sur son poignet. Dans la pénombre de la chambre, ils commencèrent à baisser la garde, à briser leurs digues, à coups de reins, à dégommer les remparts qu'ils s'étaient inconsciemment dressés pour protection contre ce qui pourrait encore les toucher. Ils appréhendaient le vide en professionnels du sursaut, ils se devaient de transformer leurs craintes en jeu. Complices dans l'injustice, ils ne traverseraient plus leurs vies en fantômes déjà blasés par la fin. Ils n'avaient plus peur d'avoir mal, ils n'avaient plus peur de rien. Ils avaient la joie revancharde de démons jamais pris au sérieux.

Elle avait enfin trouvé sa beauté noire et lui, sa raison de tuer.

Lorsque Gotam se réveilla au petit matin, Alex était partie. Ne lui restait qu'à s'enivrer du parfum de leurs peaux mêlées dans les draps et du souffle d'adieu qui bleuissait dans son cou.

DU FRACAS

La haute saison finissant, les pentes de l'Everest avaient peu à peu été désertées par les alpinistes. Il ne restait en lice que l'expédition guidée par Ashok, à destination de son prestigieux client : l'ancien ministre du Tourisme, Shipendra Upadhyaya.

Le corps d'Aniruddha étant sous le camp 4, Ashok avait prévu qu'ils y dorment tous avant que la cordée ne se scinde en deux, le lendemain matin. Gotam redescendrait avec Ajiwa et Mallory qui l'aideraient à porter le corps et Ashok, Upadhyaya et Rakesh, le garde du corps du ministre, continueraient vers le sommet.

L'expédition avait commencé une semaine auparavant et Upadhyaya paraissait très en forme pour un vieillard de quatre-vingts ans. Il surprenait tout le monde avec son rythme lent mais inébranlable de coureur de fond. Pas plus essoufflé que les autres, il profitait parfois de la marche pour échanger quelques mots avec Gotam. Lors d'une pause entre les camps 2 et 3, l'ancien ministre s'était raccordé à lui pour lui glisser quelques mots :

– J'aurais aimé revoir votre amie glaciologue, j'ai appris qu'elle avait tenu tête à mon successeur, le ministre Sada.

– Elle est repartie en France, son travail ici était terminé.

– Dommage, soupira Upadhyaya, vous lui transmettrez toute ma gratitude pour avoir montré le vrai visage de cet escroc.

Upadhyaya lui avait tapoté l'épaule, en père compatissant, avant de reprendre la route. L'empreinte invisible du gant laissa sur Gotam une réaction de brûlure qui allait durer des heures.

L'itinéraire tracé par les milliers de pas des nombreuses expéditions montées avant eux s'était transformé en une ornière profonde où une neige fondue laissait place à la glace vive et dégoulinante. Parfois, Ajiwa, qui montait en tête, décalait son pas d'un mètre ou deux pour tracer une voie nouvelle et plus stable. Le jeune sherpa, bien que chargé comme une mule avec ses six bouteilles d'oxygène, avait le cœur léger. Il effectuait sa première mission sur l'Everest et s'il faisait montre d'assez d'enthousiasme et de franc dévouement, Ashok le réclamerait régulièrement dans son équipe de champions pour les futures ascensions. Il avait tout à prouver.

Lors de la première soirée au camp 1, il avait tenté de parler avec Gotam mais ce dernier n'échangeait que par bribes, sûrement plombé par sa raison d'être là. Aussi, par amitié pour Alex qui paraissait très attachée à lui, Ajiwa veillait en gardien silencieux sur l'homme au visage triste, sans lui rajouter le poids d'une conversation malhabile ou banale.

Mallory, en queue de cordée, serrait les dents. Depuis deux jours, il avait des nausées qu'il tentait de contenir au mieux en se bourrant de cachets. Il avait été surpris quand, trois jours avant l'expédition, Ashok l'avait réquisitionné pour descendre le corps. Son patron avait préféré taper dans ses propres effectifs plutôt que de payer un autre sherpa indépendant comme Ajiwa, et ça, Mallory le gardait en travers de la gorge. Il avait bien essayé de discuter, ils auraient besoin de lui au camp de base en cas de problème, mais Ashok avait été intraitable : il avait besoin de lui avec eux, point. Sauf que Mallory n'avait aucune envie de voir le corps mort de son ancien guide. Et encore moins de le porter. C'était ça qui le rendait malade.

– Il est là.

Ashok, situé juste derrière Ajiwa dans la cordée, venait de vérifier son altimètre. 7 875 mètres. Gotam tourna son regard vers la gauche du tracé et vit le bâton de marche qu'Alex avait planté là pour indiquer la position du corps de son frère. Derrière le masque teinté qui protégeait ses yeux de la réverbération du soleil, une unique larme coula, que personne ne vit. Une larme amère qui lui brûla la paupière.

Ajiwa, Ashok, Rakesh, Upadhyaya et Mallory, dans son dos, l'observaient en silence. Il se détacha de la corde fixe, empoigna son piolet et emprunta la voie perpendiculaire tracée par Alex, jusqu'au bâton. La neige tombée depuis la découverte du corps avait partiellement couvert la dépouille. Il resta là un moment, à observer ce qui restait de son frère. Après un temps, les autres le rejoignirent un à un dans un silence pesant. C'est lorsqu'ils furent tous réunis autour d'Aniruddha que Gotam demanda à Ajiwa, posté tout à côté de lui :

– Dégage la neige, s'il te plaît.

Ajiwa, certes inquiet mais surtout honoré de la tâche qu'on venait de lui confier, celle de redonner son visage au mort, s'empressa d'obéir. Le plus délicatement possible, il usa de ses gants pour dégager le corps. Lorsqu'il eut terminé, Mallory s'écarta brusquement en titubant et se mit à vomir, secoué d'interminables hoquets. Ashok le rejoignit, le redressa sans ménagement sur ses jambes et l'aida finalement à rejoindre la corde fixe en lui hachant à l'oreille des mots que Gotam n'entendit pas. Le vent s'était mis à souffler.

Upadhyaya, après s'être longuement incliné devant le mort, fit demi-tour pour reprendre la route, Rakesh sur les talons, qui le suivait comme son ombre. Gotam scrutait les visages mais ceux-ci étaient comme le sien, dissimulés derrière les masques.

Ajiwa avait lui aussi envie de partir les rejoindre mais il n'arrivait pas à laisser Gotam seul avec ce cadavre aux paupières à demi fermées. Ce fut lorsqu'il se redressa de toute sa hauteur qu'il distingua la grosse tache rouge qui imprégnait la combinaison d'Aniruddha. Il étouffa une exclamation :

– On dirait qu'il s'est blessé. Il a dû chuter dans une crevasse.

Sans répondre, Gotam se baissa pour embrasser une dernière fois le front cristallisé de son frère, y laissant l'empreinte de ses lèvres déjà froides, elles aussi.

– Maintenant, on peut le couvrir.

Ajiwa lui lança un regard étonné auquel Gotam répondit plus sèchement qu'il ne l'aurait voulu :

– Je ne veux pas qu'il s'abîme.

Le sherpa se voulut rassurant :

– D'ici demain matin, je pense que ça ira, glissa-t-il d'une petite voix.

– Aide-moi.

Le ton était sans appel et Ajiwa se plia à la volonté d'acier de son équipier. Une fois qu'ils eurent terminé, le sherpa rejoignit le reste de l'expédition qui s'était déjà remise en route vers le camp 4.

Dans son dos, Gotam arracha le bâton de signalisation laissé par Alex et lui emboîta le pas.

La nuit tombait lorsque l'équipe atteignit enfin le camp du col sud. En plus des déchets habituels, quelques vestiges demeuraient du sauvetage raté de Nick Pettrow. Le plus gros de la carcasse de l'hélicoptère avait été désossé puis descendu à dos d'homme mais quelques pièces, trop lourdes ou impossibles à séparer, étaient restées à rouiller sur place. Notamment une partie du cockpit, contre laquelle Ajiwa était en train de monter la tente d'Upadhyaya.

Le ministre attendit patiemment que ses quartiers soient prêts – une tente normale, pareille aux autres, il avait bien insisté sur ce point – pour se glisser à l'intérieur, équipé d'une bouteille d'oxygène afin de bien passer la nuit. La tente de Rakesh fut collée à la sienne, comme d'habitude. Gotam préféra monter lui-même la sienne sur un petit ressaut à l'écart du groupe, au grand dam d'Ajiwa qui, se sentant spolié de son boulot, lui fit remarquer :

– Tu ne seras pas à l'abri du vent, là où tu es. Laisse-moi t'installer près du ministre.

– Je préfère voir la Lune plutôt qu'une vieille carcasse.

– Comme tu voudras, répondit Ajiwa, souriant du double sens.

– Où est Mallory ? dit Gotam en cherchant l'agent logistique des yeux.

– Il est là-dedans.

Ajiwa désigna le bout de cockpit encore intact.

– Ashok a insisté pour le mettre dans le caisson hyperbare portable. Normalement, c'était pour Upadhyaya, en cas de coup de mou. C'est le seul caisson de la vallée et il était réservé au ministre, confia-t-il à voix basse, mais l'état de Mallory s'est vraiment dégradé tout à l'heure. S'il reste shooté à l'oxygène toute la nuit, ça devrait aller mieux demain. Enfin j'espère pour nous ; descendre ton frère à deux plutôt qu'à trois, ça changerait un peu les choses… mais j'y arriverai, affirma-t-il, devant le sourcil levé de Gotam.

– Je n'en doute pas, tu as de la ressource, réagit celui-ci d'une voix douce.

Ajiwa rougit devant ce compliment, rare ; mais avant qu'il ne déguste davantage ce rapprochement tant espéré, Gotam lui rappela sa place d'une bien étrange façon :

– Tu installeras ta tente à côté de la mienne, elle me protégera du vent.

Le jeune sherpa ravala sa déception ; son compatriote le traitait comme certains clients occidentaux : en bouclier humain. Il s'éloigna, les épaules basses. C'était à lui de préparer le dîner.

***

Mallory ouvrit soudain les yeux, réveillé par une apnée du sommeil. Sa vision était réduite au périmètre du hublot situé juste au-dessus de sa tête. Dehors il faisait nuit et l'absence de contours, y compris ceux du cockpit dans lequel on l'avait placé, déclencha chez lui un réflexe claustrophobe. Il essaya de bouger mais ses membres lourds ne répondaient que faiblement, comme s'il était englué dans du magma. Ses extrémités étaient glacées et dans le peu d'espace que lui offrait le caisson gonflable, il se frotta les mains au-dessus de la poitrine pour les réchauffer. Il reconnut le faible bruit que faisait la pompe d'arrivée d'air enrichi en oxygène à l'intérieur de l'habitacle. C'est ce même son qui l'avait bercé et sur lequel il s'était finalement endormi quelques heures plus tôt, l'esprit tourmenté par l'image du corps meurtri d'Aniruddha.

Lorsqu'il était descendu, le jour du drame, personne ne s'était vraiment préoccupé de lui. Toute l'attention était focalisée sur sa cordée restée là-haut, puis sur le crash de l'hélico. Seul Ashok l'attendait en bas. Il avait patiemment écouté ses remords d'avoir fait demi-tour en abandonnant les autres à une mort certaine, il le savait maintenant. Le sirdar ne l'avait pas jugé d'être le seul encore vivant. Il l'avait même réconforté.

– Tu as fait ce qu'il fallait, lui avait-il dit, le renoncement est la chose la plus difficile dans une course. La plus sage, aussi.

Lorsque, encore sous le choc, Mallory lui avait raconté qu'Aniruddha était sûrement tombé dans une crevasse, Ashok l'avait emmené à l'écart pour l'interroger longuement. Dans quelle crevasse ? Avait-il vu le corps ? Était-il sûr qu'il s'agissait du guide ? Il était très important qu'il se souvienne du moindre détail, cela serait consigné dans le rapport d'enquête qu'il aurait à communiquer en haut lieu. Quand Mallory avait mentionné le casque perdu, puis le sang, Ashok avait avancé que le guide avait été victime d'une chute de pierre qui l'avait blessé à la tête avant de l'entraîner dans la crevasse. L'explication était plus que plausible ; aux oreilles de Mallory, elle était rationnelle. Et ça lui avait suffi. En tout cas, sur le moment.

Dans les jours qui avaient suivi l'expédition, Ashok était devenu ce qui ressemblait le plus à un vrai ami. Vassili, le seul qu'il avait jamais eu, était désormais officiellement porté disparu et la petite Alex, qu'il aimait beaucoup aussi, était retournée en France. Non sans lui avoir fait comprendre avant qu'elle lui en voulait d'être là, à la place de son père. Il ne lui en avait pas tenu rigueur ; elle était encore jeune et dévastée par sa perte.

Quelques mois plus tard, alors que Mallory envisageait de retourner à Londres (pour y retrouver qui, quoi, il ne le savait pas lui-même), Ashok lui avait proposé de rester et de l'embaucher comme agent logistique de sa nouvelle agence. Entre anciens soldats, on peut se rendre service, lui avait-il assuré. Mallory avait accepté, plus par fidélité au sirdar qui lui avait tendu la main de l'amitié que par réel engouement pour le job. Une chose pourtant continuait de le hanter au fil de ses fréquents cauchemars et ce n'est qu'assez récemment, au cours de l'un d'eux, qu'il avait enfin compris ce qui clochait. Ce qu'il avait vu lors de sa descente de l'Everest, ce n'étaient pas les effets hallucinatoires de l'altitude. On ne se rappelle pas les hallucinations, seuls les vrais souvenirs s'accrochent de cette façon. Il y avait bien quelqu'un avec Aniruddha, près de la crevasse, il en aurait mis sa main à couper.

Mais quand il avait rapporté l'information à Ashok, ce dernier s'était passablement énervé. Ne lui avait-il pas dit que seuls lui et Aniruddha étaient redescendus ? Si, mais il avait vu quelqu'un qui marchait sans sa frontale, dans la combe. En pleine nuit, c'était suspect, non ? Il y avait une équipe en stand-by au camp 2, c'était sûrement l'un d'eux, lui avait rappelé Ashok, de plus en plus agacé. Oui, c'est ce qu'il avait pensé à l'époque, mais aujourd'hui, il n'en était plus sûr du tout. Pourquoi remettait-il cette histoire sur la table ? Le ministre ne voulait plus en entendre parler. Le sujet était clos. Fin de la discussion.

Mallory, ravalant ses doutes, s'était finalement laissé convaincre par Ashok, jusqu'à aujourd'hui. Jusqu'à ce qu'il voie de ses propres yeux le corps d'Aniruddha, le thorax défoncé à coups de piolet.

Il se refit la scène qui avait eu lieu plus tôt dans la journée. Une par une, les images défilèrent devant ses yeux, diapositives cramées. Il s'arrêta sur la dernière enregistrée par son cerveau : le visage de Gotam, complètement impassible. Et la connexion se fit, dans l'esprit divaguant de Mallory.

Putain. Il savait, pour son frère !

Il actionna la poignée intérieure du caisson, qui résista sous sa main ramollie. Rassemblant le peu de forces qui lui restait, il essaya de nouveau. Sans succès. Son état de faiblesse était anormal, le dosage en oxygène avait dû être mal calculé. Une ombre passa derrière le hublot, furtive et silencieuse. Le bruit de la pompe ralentit, pour s'interrompre tout à fait. L'arrivée d'air avait été coupée.

– Enfoiré.

Mallory l'avait reconnu. Cette fois, et toutes les autres fois. C'était Ashok qu'il avait vu dans la combe. Et c'était encore lui qui se battait avec Aniruddha, au bord de la crevasse. Lui, qui l'avait tué. Avant de descendre pour l'accueillir à temps et récolter le témoignage de ce qu'il avait pu voir. Ou ne pas voir.

Mallory cria, tapant sur la porte de son cercueil opaque et blanc. Pas de réponse.

Il devait garder son sang-froid et économiser le peu d'oxygène qui subsistait dans le caisson. Il se força au calme et tenta de maîtriser sa respiration qui devenait peu à peu sifflante.

Rien à faire, il commençait à suffoquer.

Dans un dernier élan de désespoir, il frappa de son poing fermé le hublot.

Qui se fissura, sur une dizaine de centimètres.

Il ne lui aurait suffi que d'un autre coup comme celui-ci pour faire voler la vitre en éclats et aspirer à grandes goulées l'air qui lui sauverait la vie.

Mais l'effort qu'il avait dû fournir avait été trop grand.

Mallory sombra dans l'inconscience et, de ses lèvres craquelées, le dernier souffle qu'il gardait au fin fond de ses poumons rétrécis, s'évapora en murmure.

– T'avais raison, petite.

***

Seule sa respiration qui allait et venait dans son détendeur troublait le silence total qui précédait l'aube. La température avoisinait les – 55° mais le vent était tombé durant la nuit, comme prévu. Accroupie derrière un rocher en aplomb du col sud dans la première section de l'arête sommitale, Alex braquait ses jumelles sur le camp endormi. Ne décelant aucun mouvement qui révélerait un réveil inopiné, elle recula en rampant sur ses coudes avant de se relever pour rejoindre Mohinder dans la tente, une dizaine de mètres plus haut. Lorsque Gotam lui avait rapporté qu'Ashok avait fait installer un camp avancé entre le sommet et le camp 4, Alex avait logiquement décidé d'opérer à cet endroit. Mohinder et elle n'avaient eu qu'à se servir dans les vivres et les bouteilles pleines d'oxygène destinées au ministre.

Cependant, l'esprit d'Alex commençait à divaguer. Leur poste d'observation était largement situé dans la zone de la mort et ils y étaient depuis maintenant douze heures. C'était la limite maximale à ne pas dépasser à cette altitude, et ils le savaient. Des crépitements lumineux dansaient depuis plusieurs minutes sous ses paupières à demi fermées par le gel quand Mohinder revint à son tour du poste d'observation où ils s'étaient relayés pendant la nuit pour annoncer d'une voix rauque :

– Le signal.

Alex se releva vivement et sortit ses jumelles. Dans une des deux tentes montées à l'écart des autres, la lumière rouge qu'ils attendaient clignotait en saccades. C'était l'heure.

Assistée de Mohinder, elle retira la bâche qui couvrait sa caisse sécurisée. Elle retira ses gants pour taper son code personnel et, au déclic, souleva le couvercle. À l'intérieur, deux détonateurs reliés à leurs charges explosives. Elle tendit l'un des dispositifs à Mohinder et garda l'autre pour elle. Ils s'avancèrent sur le petit surplomb qui les avait dissimulés jusqu'ici.

– Juste au-dessus de la plaque, là où le manteau neigeux est le plus épais.

Mohinder hocha la tête, le regard fixe. Il savait ce qu'il avait à faire. Il prit soin de garder dans sa main le long fil d'amorce enroulé comme une corde d'escalade. Un nœud, à cet instant précis, leur serait fatal.

– Maintenant !

Les deux charges explosives propulsées en l'air atterrirent dans le même temps et au même endroit, déroulant leurs fils quarante mètres plus bas. Là où il fallait qu'elles soient. Restaient les détonateurs. Alex braqua de nouveau ses jumelles sur la tente de Gotam et son cœur s'arrêta lorsqu'elle croisa son ombre. Debout, il la regardait.

Il l'encourageait. Et il l'aimait.

– Un, deux… TROIS !

L'explosion simultanée des charges termina de détacher l'immense plaque de glace qui n'attendait que ça pour dévaler la pente, emportant le surplus de neige fraîche accumulée en une masse qui commença à grossir et se transformer en un véritable torrent de débris glaciaires. Droit sur le camp 4.

Alex, glaciologue et artificière, avait orchestré une avalanche.

***

L'explosion, semblable à un coup de tonnerre, réveilla Ajiwa en sursaut. Le jeune sherpa jaillit de sa tente comme une balle pour se retrouver nez à nez avec Gotam qui regardait quelque chose dans son dos. Ajiwa fit volte-face.

Dans ses yeux agrandis d'effroi se refléta l'avalanche qui dévalait l'Everest, à trois cents kilomètres-heure, droit sur

Upadhyaya, Rakesh et Ashok qui étaient, eux aussi, sortis de leurs tentes et observaient, pétrifiés, la gigantesque vague blanche qui s'apprêtait à les noyer.

Sans perdre une seconde, Ashok plongea dans sa tente et en sortit presque aussitôt, les bras chargés de gilets anti-avalanche gonflables qu'il jeta au ministre et à son garde du corps avant d'en enfiler un à son tour. Puis, le chef d'expédition fit un nœud de corde autour de la tête de son piolet et le planta de toutes ses forces dans le sol gelé. Laissant une longueur de trois mètres entre le point d'attache du piolet et lui, il enroula la corde autour de son torse et de ses hanches, déclencha son gilet qui se gonfla instantanément d'air et se jeta au sol, les pieds vers le déluge qui arrivait et les avant-bras croisés devant son visage, retenant son masque à oxygène contre sa bouche et son nez. Ce fut à ce moment-là qu'Ajiwa, qui avait observé la scène du promontoire où il se tenait, comprit avec dépit qu'Ashok essayait de sauver sa vie, abandonnant le ministre et Rakesh à leur sort. Il se tourna vers Gotam. Ce dernier, qui ne bougeait pas d'un pouce, observait la scène avec un inexplicable détachement. Ajiwa, révolté à l'idée de rester là sans rien faire, se dépêcha de s'équiper en oxygène et attrapa une corde. Lorsqu'il posa la main dessus, une autre en retint l'extrémité.

– N'y va pas.

Il leva les yeux sur Gotam qui le fixait, l'air grave.

– Laisse-moi, et mets-toi à l'abri ! cria Ajiwa d'une voix rendue aiguë par la panique. Il tira d'un coup sec pour dégager la corde de la poigne ferme de Gotam qui insista pourtant :

– S'il te plaît.

Mais le sherpa fut plus rapide et la main de Gotam se referma sur du vide alors qu'Ajiwa courait déjà à la rencontre d'Upadhyaya. Arrivé près du ministre, il n'eut que le temps de lui tendre son propre masque à oxygène et de hurler :

– Mettez ça, vite ! avant d'être fauché par une première vague qui l'engloutit aussitôt. Pour ne plus reparaître. Gotam assista, impuissant, au sacrifice du sherpa qu'il avait essayé de sauver.

Le choc manqua de faire perdre connaissance à Ashok. Il se retrouva sens dessus dessous, prisonnier de la masse mouvante qui écrasait chaque centimètre carré de son corps pris dans les remous de la vague gigantesque qui l'entraînait, pantin, dans sa course dévastatrice, parfois sur, parfois sous la surface, à ne pas pouvoir différencier le ciel du sol, le nord du sud, débris toujours vivant, mais pour combien de temps ? Il s'accrocha le cerveau des mains comme pour prévenir toute déflagration instantanée à l'intérieur de sa boîte crânienne et se mit à espérer survivre vite ou mourir rapidement. Du moment que cela s'arrête. Mais un dieu contre lui en décida autrement et, d'un coup d'un seul, son corps entier ne fut plus que souffrance et son souffle, coupé ; il eut l'atroce impression d'être écartelé par le thorax, comme un passager aspiré par le hublot d'un avion, les côtes en avant. La corde ! C'est la corde qu'il avait attachée autour de lui qui le retenait. Allait-elle résister à la pression exercée par l'avalanche ? Quand bien même elle tiendrait, si cela continuait, on ne retrouverait que son cadavre, attaché au bout. Après un temps qui lui parut plus long que sa propre vie, le fleuve de neige s'immobilisa enfin, stoppant la traction de la corde qui, dans le mouvement, s'était déplacée vers le haut de son corps, lui cisaillant désormais les aisselles et lui enserrant sa nuque comme l'on tient un nouveau-né. Il remua doucement et grimaça. Son masque à oxygène lui avait méchamment coupé l'arête du nez tandis qu'il le maintenait en place. Il bougea ses orteils dans ses chaussures : sa colonne vertébrale n'était pas touchée mais sa respiration douloureuse lui indiquait quelques côtes cassées par la corde. Bien, si ce n'était que ça… Lorsqu'il se décida à bouger davantage pour voir l'état du reste de son corps, de la neige meuble lui tomba sur le visage. Son gilet l'avait sauvé des tréfonds de l'avalanche en le maintenant à la surface. Plongé dans le noir complet, il tenta de visualiser la position de son corps. Les jambes repliées sous lui, les bras au niveau de sa tête, il ne savait pourtant pas l'essentiel : où était le ciel ? Ne lui restait qu'une chose à faire, se pisser dessus. L'urine chaude lui coula le long des cuisses puis vers l'avant des genoux. Il était donc à la verticale, penché en avant, comme dans un crawl immobile. La sortie était juste au-dessus. Sa main se fraya un chemin et du bout des doigts, il sentit l'air libre. Il était sauvé.

Quelques minutes plus tard, Rakesh, qui avait survécu lui aussi, finissait de le dégager. Ashok observa les dégâts. L'avalanche avait tout emporté sur son passage, y compris le caisson où se trouvait Mallory. Tant mieux. Il avait bien vu que le retour de la fille l'avait changé. Il aurait fini par le balancer, un jour ou l'autre. Le chef d'expédition ne retint pas son sourire. La montagne s'était chargée du cadavre de son agent logistique mieux qu'il n'aurait pu le faire lui-même.

– Là !

Rakesh, qui terminait de déterrer Upadhyaya, amoché mais sauvé par son gilet anti-avalanche, pointait le doigt en direction de l'arête sommitale. Gotam continuait à monter vers le camp avancé, aveugle et sourd à ce qu'il se passait dans son dos. En fuite.

– Charge-toi du ministre, on se rejoint au camp avancé. Il y a assez de vivres et d'oxygène pour refaire les stocks et redescendre.

– Et lui ? demanda Rakesh en désignant Gotam.

Ashok leva les yeux vers la silhouette qui s'éloignait. Le garçon était forcément de mèche avec la fille. C'était elle qui avait découvert le corps. Et donc son petit secret.

À l'époque, quand le vieil Upadhyaya l'avait chargé à demi-mot d'entraver l'expédition, il avait sauté sur l'occasion. Corrompre les sherpas et le lama avait été le plus facile. Quant au jeune Sam, il avait parfaitement assuré son rôle pendant l'expédition. Y compris quand Dorje, qu'il avait soigneusement tenu hors du coup car il connaissait le guide français, avait découvert Sam en train de vider les bouteilles qu'ils venaient de monter. Son complice n'avait pas hésité une seconde avant de balancer le vieux sherpa dans la pente, abrégeant ainsi toute discussion gênante. Sam avait dépassé ses espérances, et le faire taire, par la suite, l'avait réellement ennuyé. Mais il ne pouvait pas se permettre de garder des témoins en vie. Mallory était le dernier. Ou presque.

– Je m'en occupe, répondit Ashok.

Et joignant le geste à la parole, le chef d'expédition reprit l'ascension, à la poursuite du traître qui avait essayé de le baiser.

L'ASTRE MORT (ALT. 8 657)

Gotam arriva, épuisé, au camp avancé où Alex et Mohinder l'attendaient. L'avalanche, sur son passage, avait arraché les cordes fixes et masqué la trace usée des derniers alpinistes passés par là. Il avait dû rouvrir la voie et l'effort fourni l'avait laissé exsangue, à bout de souffle. Alex se précipita dans les bras tombants qu'il ouvrait pour elle. Elle ferma les yeux sur la vision d'Ajiwa disparaissant dans le tumulte qu'elle avait provoqué et s'oublia dans le cou de Gotam qui réchauffa ses larmes gelées. Ils avaient tout imaginé. Tout, sauf que le jeune sherpa se dévoue jusqu'à la mort. Mais un danger plus grand résonna dans la voix de Mohinder qui gardait ses jumelles braquées vers le contrebas de l'arête.

– Il arrive.

Ashok continuait de grimper vers eux. Avançant lentement, il s'arrêtait souvent pour regarder dans leur direction. Ils devinaient sans le voir l'éclat de haine qui rayonnait dans leur direction comme un miroir que l'on dirige vers le soleil. Et le message qu'ils déchiffraient en morse était clair : il n'allait pas en rester là. Gotam et Alex échangèrent un regard sombre. Ashok avait compris leur plan. Et de toute évidence, ils avaient échoué. Le regard d'Alex faisait des allers-retours entre Ashok qui leur barrait la route et l'itinéraire qui continuait vers le sommet. Leur seule issue de secours se trouvait dans le ciel qui s'ouvrait pour eux. Tout en haut. À cette pensée, Alex se mit à osciller, prise de vertiges. Elle augmenta le débit de sa bouteille d'oxygène et les battements de son cœur se calmèrent un peu.

Gotam, qui gardait les yeux rivés sur la progression d'Ashok, remarqua que ce dernier avançait de plus en plus difficilement, plié en deux sur ses côtes cassées :

– Il est blessé.

– Alors on a une chance. Au ressaut Hillary.

Le ton d'Alex était ferme et résolu et Gotam comprit instantanément où elle voulait en venir. Ils n'étaient pas des tueurs de sang-froid. Ils ne feraient jamais le poids contre Ashok qui, même diminué, restait dangereux. Ils devaient continuer à avancer et utiliser le relief de la montagne à leur avantage. Le ressaut Hillary, dernier obstacle avant le sommet, était un passage étroit où l'on ne pouvait passer qu'un par un. La seule voie vers le sommet et la seule voie pour en descendre. La corniche qui formait le ressaut s'était déjà à moitié effondrée deux semaines auparavant, sous le poids des trop nombreux alpinistes embouteillés à cet endroit précisément. Mais si c'était dangereux pour eux, ça le serait aussi pour Ashok. Pour le reste, ils devraient improviser. Il n'y avait plus de temps à perdre. Alex raccrocha son jumar à la corde fixe qui serpentait jusqu'au ressaut, rapidement imitée par Gotam et Mohinder. Ils se remirent en route, les poumons en feu mais l'esprit clair.

Deux heures plus tard, ils avaient atteint le ressaut. Le vide s'ouvrait sur leur gauche et une fine arête de neige formée par le vent se découpait sur leur droite. Alex traversa la première, prenant soin de ne pas prendre appui sur la neige accoudée au vide qu'elle devinait derrière. Elle garda les yeux rivés droit devant elle, jusqu'à ce qu'elle soit obligée de les baisser pour détacher son jumar, enjamber un corps toujours assuré sur la corde qui gelait là depuis des années et se rattacher de l'autre côté. Dans son dos Gotam l'imita pour la rejoindre sur la corniche battue par les vents. Mohinder enjamba le corps à son tour quand la silhouette d'Ashok se révéla peu à peu au bout du chemin qu'ils venaient d'emprunter. Alex serra les dents. Malgré ses blessures, le chef d'expédition avait réussi à les suivre. Il s'était arrêté pour les observer, notant sa présence et celle de Mohinder. Un sourire s'étira sur ses joues mangées par le gel, comme il semblait comprendre la raison de leur présence ici. Ils étaient là pour lui.

Elle sentit le corps de Gotam vibrer à ses côtés, ne pouvant davantage retenir la rage dense et noire qu'il avait gardée en lui, jusqu'à ce moment précis. Mohinder, qui avait senti la présence dans son dos, se retourna pour lui faire face. Ashok avança de trois pas dans sa direction et Alex put ressentir la tension palpable, presque électrique, qui reliait les deux hommes.

– Je commence par toi, c'est ça ? Je n'aime pas l'idée de faire de ta fille une orpheline. Mais à ce stade, je crois que vous ne me donnez plus le choix.

Mohinder eut un douloureux rictus. Entre triomphe et désespoir.

– Nisha n'est pas ma fille, Ashok. C'est la tienne.

Ashok sentit immédiatement que Mohinder lui disait la vérité. Mais il ne put se remémorer distinctement le visage de Nilambari, perdu parmi les innombrables visages des femmes qu'il avait violées pendant la guerre. Il ne les avait jamais regardées dans les yeux.

Mohinder était déjà sur lui. Le chef d'expédition fut projeté de trois pas en arrière et frôla le vide qui plongeait dans son dos. Sa main gantée rattrapa *in extremis* la corde fixe qui traversait l'arête sur toute sa longueur.

– Mohinder, attention ! cria Alex qui avait vu l'autre main de l'ancien soldat se porter à son baudrier.

Mais Mohinder, aveuglé par ses larmes rageuses, retourna à l'assaut. Dans un hurlement de bête blessée, il saisit Ashok par sa combinaison. Ce dernier accompagna d'abord le mouvement qui les enverrait au diable avant de tirer violemment sur la corde, son corps en contrepoids de celui du sherpa. Quand son dos vint percuter le rocher sur lequel celle-ci était fixée, le chef d'expédition grogna la douleur de ses côtes cassées. Puis, profitant de l'élan, il tourna sur lui-même autour de ce nouveau point d'accroche et brandit l'autre main, celle qui tenait la pioche à la lame acérée. Il la planta de toutes ses forces dans le dos offert de Mohinder qui étouffa un grognement, sans pour autant desserrer sa prise. Les deux hommes, perchés au-dessus du vide, n'étaient plus retenus que par la corde à laquelle Ashok s'agrippait avec ce qu'il lui restait de haine. Il se débattait, en furie, essayant de se défaire du sherpa qui le serrait tout contre lui dans une étreinte mortelle. Mohinder ne lâchait pas. Son regard désespéré chercha celui de son neveu, qui reçut le message. Mohinder ne lâcherait plus jamais. Gotam n'hésita pas. Il empoigna le couteau qu'il avait à sa ceinture et, redescendant en deux bonds de la corniche sous le regard paniqué d'Alex, il se retrouva à côté des deux hommes en lutte. Il inspira profondément le courage qu'il lui manquait et trancha d'un coup sec la corde qui les reliait à la montagne. Ashok et Mohinder plongèrent ensemble dans l'abîme qui s'ouvrit grand pour eux.

Gotam jeta le couteau dans la neige et ferma les yeux. Alex vint le rejoindre. Lorsqu'ils desserrèrent leur étreinte, ils s'aperçurent qu'ils n'étaient pas seuls. Upadhyaya, à bout de souffle dans son masque à oxygène presque vide, venait d'apparaître sur l'arête.

L'ancien ministre se détacha de son jumar accroché à la corde coupée devenue inutile et se laissa tomber à même la neige. Alex chercha Rakesh des yeux et Upadhyaya répondit à mi-voix à sa question silencieuse, désignant d'un geste vague le bas de l'arête :

– Il est tombé dans une crevasse dissimulée par l'avalanche. C'est fini pour lui. Comme pour moi je suppose.

Le vieil homme avait puisé dans ses dernières ressources et Alex observa sa poitrine qui tressautait par à-coups. Un sifflement rauque s'échappait de ses lèvres à chaque inspiration. Il attendit d'avoir repris son souffle avant de déclarer, calmement :

– Je sais que vous avez déclenché l'avalanche. J'ai entendu la détonation.

Upadhyaya enleva son masque pour dévisager les deux jeunes gens. Une lueur triste passa dans son regard alors qu'il les regardait, dressés côte à côte, avides de justice.

– Toute ma vie, j'ai travaillé à protéger l'Everest et ses sœurs. Tant que les agences occidentales gardaient le monopole, il n'y avait ni surenchère ni surfréquentation et tout le monde travaillait en bonne intelligence. Permettre à un ancien coolie de s'affranchir et de lancer son propre business avec des prix aussi dérisoires était une insulte envers les agences installées de longue date qui criaient, à raison, à la concurrence déloyale.

– Alors vous avez eu l'idée du sabotage.

– Je me devais d'agir et cela passait par la décrédibilisation d'une expédition locale, oui.

Les mots de Miss Crawley résonnèrent aux oreilles d'Alex. La vieille femme partageait *sur le fond* le combat d'Upadhyaya. Mais pas la forme, cette condamnation à mort de quelques-uns pour servir un projet plus grand, ce manque de considération pour la vie humaine ; c'en était trop pour Gotam qui laissa échapper un rire de mépris :

– Tout cela n'a servi à rien. Les Népalais recolonisent leurs montagnes et se mettent à les détruire tout autant, voire davantage, que ceux qui sont passés avant eux. Et vous, vous êtes un meurtrier.

– J'ai cru bien faire en embauchant Ashok, je rendais service à son père, un vieil ami à moi. Il devait faire en sorte que l'expédition échoue mais personne ne devait mourir, déclara le vieil homme.

Pour la première fois, Gotam lui trouva l'air d'un vieillard. Et la pensée que cette petite chose fragile ait pu faire autant de mal lui sembla absurde. Tout lui paraissait absurde. Upadhyaya remarqua peut-être ses poings serrés prêts à frapper, mais il poursuivit en se tournant vers Alex :

– En vérité, vous ne deviez même pas prendre le départ. Le désistement des sherpas aurait dû suffire à décourager Aniruddha.

– Vous ne connaissiez pas mon frère, gronda Gotam et vous ne connaissiez pas plus Ashok. Le fils de votre vieil ami à qui vous avez accepté de rendre service, est un criminel de guerre à qui vous avez évité la cour martiale. Vous avez embauché un tueur.

– Et un opportuniste, renchérit Alex. Il a attendu que vous partiez à la retraite pour s'acoquiner avec Sada qui lui a ouvert grand les portes du business. Sans sabotage cette fois. Vous vous êtes fait doubler, et en beauté.

Le regard d'Upadhyaya glissa vers le sommet, juste au-dessus d'eux, et il murmura d'une voix lointaine :

– Cela n'a plus beaucoup d'importance maintenant, n'est-ce pas ?

ALT. 8 848

Les drapeaux tibétains accrochés sur la dernière section de corde fixe s'agitaient en prières vaines balayées par les bourrasques.

Le dernier vent du monde brassait entre leurs pieds une poudre neigeuse qui fuyait en caressant la bosse sommitale. Leurs regards s'attardèrent sur la courbure de la Terre, visible à l'œil nu. Sur les antécimes qui surgissaient du néant nuageux, petites sœurs aux mains levées en vain, vers la déesse inégalée.

À l'ouest, l'horizon irisé du soleil couchant.

À l'est, l'ombre projetée en triangle parfait délimitait la nuit en incidence.

Le versant noir.

Bordés par le ciel, ou cette mer inversée.

Ils ne redescendraient pas.

Ils paieraient le prix de la beauté, celle qu'ils avaient toujours cherchée.

À en crever.

REMERCIEMENTS

À Pascale Noguès, qui m'a ouvert la voie.

À Caryl, mon équipier aux versants bleus.

À Cathy, Jean-Pascal, Antoine et Simon, ma cordée.

À Norbert Vincent, guide de haute montagne qui m'a sortie de la crevasse.

À Clémentine Thiebault, mon éditrice qui m'a fait confiance. Mais vraiment confiance.

Composition et mise en pages
Nord Compo à Villeneuve-d'Ascq

MIXTE
Papier | Pour une gestion forestière responsable
FSC® C108412

Imprimé en France par
CPI Bussière
en décembre 2024
N° d'impression : 2080815